Bober · Berg und Beck

Robert Bober

Berg und Beck

Roman

Aus dem Französischen
von Tobias Scheffel

Verlag Antje Kunstmann

Für Nicolas
Für Benjamin

»Vergeblich streben wir danach, durch unsere Worte, unser Schreiben, zu bewahren, was verschwindet.«

MAURICE BLANCHOT
L'Amitié

»Nie sah man ein Kind, das seinen Eltern vorauslief.«

GEORGES-ARTHUR GOLDSCHMIDT
Der unterbrochene Wald

I

»Berg und Beck, ihr bleibt im Klassenzimmer. Die anderen gehen in die Pause.«

Die anderen sind in Begleitung von Monsieur Pellorce auf den Pausenhof gegangen. Uns hatte er befohlen, wir sollten warten, er komme gleich wieder.

Daß Beck und ich bestraft würden, rief keinerlei Verwunderung hervor. Seit dem Vortag war es Pflicht, daß Juden vom sechsten Lebensjahr an den gelben Stern tragen mußten, und wir waren fast elf. Aber der Vortag war ein Sonntag gewesen, und so waren wir erst am Montag vormittag, als wir zur Schule gingen, zum ersten Mal mit dem auf die Jacke genähten Stern aus dem Haus gegangen. Nicht in die Pause zu dürfen schien uns selbstverständlich. Wir trugen einen gelben Stern, weil wir Juden waren, und man bestrafte uns, weil es nun mal so sein sollte. Wir hielten das nicht einmal für ungewöhnlich.

Beck saß ganz vorne in der mittleren Reihe. Ich etwas weiter hinten in der Reihe an der Tür. Wir sind einen Augenblick allein so sitzen geblieben, ohne uns zu rühren. Dann hat sich Beck zu mir umgedreht.

Mit der Andeutung eines Lächelns. Ich habe ebenfalls gelächelt, aber wir haben nichts gesagt. Wir haben einfach nur gewartet, so wie Monsieur Pellorce es uns befohlen hatte. Er ist wie angekündigt zurückgekommen und hat sich hinter sein Pult gesetzt.

»Berg und Beck, kommt her.«

Beck und ich sind aufgestanden und haben uns vor das Pult gestellt.

»Nein, nein. Näher. Kommt zu mir auf das Podest.«

Auf dem Pult von Monsieur Pellorce lag sein großes Lineal. Ich hielt meine Hände hinter den Rücken. Monsieur Pellorce war ein strenger Lehrer.

»Jetzt will ich euch sagen, warum ich euch befohlen habe, im Klassenzimmer zu bleiben. Heute ist der 8. Juni. Wir haben also ein ganzes Schuljahr miteinander verbracht, und von Anfang an wart ihr jeden Monat Klassenbeste. Ich hätte euch sagen sollen, daß ich sehr zufrieden mit euch bin ... Heute bitte ich euch nur darum, so weiterzumachen. Seid weiter Klassenbeste. Macht noch lange so weiter.«

Monsieur Pellorce hat eine Schublade seines Pults geöffnet und ein Buch hervorgeholt: *Tom Sawyers Abenteuer* von Mark Twain, aus dem er uns seit ein paar Wochen vorlas.

»Ich glaube, daß ich nicht dazu kommen werde, euch das Buch bis zu den großen Ferien ganz vorzulesen. Deswegen gebe ich es dir, Beck, weil du fast immer Bester bist. Wenn du es fertig gelesen hast, leihst du es Berg.«

Beck hat ›Danke, Monsieur‹ gesagt, und wir sind wieder auf unsere Plätze gegangen. Als wir aufschauten, machte Monsieur Pellorce die Schublade seines Pults zu. Dann ist er wieder zu den anderen auf den Hof gegangen. Beck hat sich erneut zu mir umgedreht, und diesmal haben wir richtig gelächelt.

Es stimmte, daß Beck fast immer Bester war. Und wenn es nicht immer so war, dann deshalb, weil sein Vater Lebensmittelhändler war.

Beck wohnte in der Rue de la Butte-aux-Cailles 7. Dort hatten seine Eltern ein Lebensmittelgeschäft. Sie schliefen in einer kleinen, angrenzenden Wohnung, die auf einen Hof ging. Ich wohnte in Nr. 30, über einem Laden, in dem mein Vater Schuhe machte und reparierte. Ich ging also zwangsläufig am Lebensmittelgeschäft Beck vorbei, wenn ich zur Schule in der Rue du Moulin-des-Prés ging.

Auf dem Bürgersteig vor dem Lebensmittelgeschäft stand ein dickes Faß mit eingelegten Gurken. An diesem Gurkenfaß machte Beck häufig seine Hausaufgaben. Er hätte dort mehr Ruhe als zu Hause, sagte er, wo der Tisch im Eßzimmer ständig von seinen Brüdern Felix und Samuel belegt war, die Kleider nähten. Und nur wegen der Essigflecken auf seinen Heften war er nicht immer Bester.

Eines Tages, aber da waren wir noch nicht in der Klasse von Monsieur Pellorce, hatten meine Eltern einen Aushang in ihrem Schaufenster anbringen müssen, auf dem stand: *Entreprise juive.* Auf französisch und auf deutsch: *Jüdisches Geschäft.* Ein paar meiner Schulkameraden haben hämisch gegrinst, nicht wirklich feindselig, nur ein bißchen gemein. Dann haben wir uns, sie und ich, daran gewöhnt. Derselbe Aushang klebte auch im Schaufenster von Beck und verdeckte ein paar der Konservendosen, die der Vater zu einer Pyramide aufgestellt hatte. Seit diesem Tag hatte Beck immer auf mich gewartet, um zusammen mit mir zur Schule zu gehen.

Der gelbe Stern ist noch mit einer anderen Erinnerung verbunden. Es war kurz nach dem 8. Juni. Eine Lehrerin, deren Namen ich vergessen habe, die, die ich im Jahr zuvor in der vierten Klasse hatte, machte mit der Klasse von Monsieur Pellorce eines Nachmittags einen Ausflug zum Square Choisy. Kaum waren wir angekommen, ging einer der Wärter des kleinen Parks, der mich gesehen hatte, zu der Lehrerin und sagte ihr etwas, wobei er mit dem Finger auf mich deutete. Man packte mich an der Schulter und erklärte mir, daß mir der Zugang zum Park wegen meines Sterns verboten sei. Die Lehrerin, die meine Klassenkameraden nicht um den Ausflug bringen wollte, bat mich, außerhalb des Parks direkt am Eingang vor dem Gitter zu warten, damit sie mich trotzdem beaufsichtigen könne. Da sie für die ganze Klasse verantwortlich war, konnte sie mich nicht allein nach Hause gehen lassen, und außerdem mußte ich ja auch noch mal zur Schule, um meinen Ranzen zu holen.

Allein, direkt gegenüber der Avenue – Beck war an diesem Tag also nicht in der Schule gewesen –, den Rücken gegen das Gitter gedrückt, das den Park von der Avenue de Choisy trennt, spielte ich mit kleinen Steinchen, die ich unmittelbar hinter mir auflas. Ich brauchte nur den Arm auszustrecken. Heute könnte ich erzählen, daß ich die Steinchen trotzig wegschleuderte, auf die Gefahr hin, die Passanten zu treffen, die das Recht hatten, in dem Park herumzulaufen. Ich könnte auch erzählen – dieser Gedanke kommt mir gerade –, ich hätte die kleinen Steinchen sorgfältig am Boden angeordnet, so daß sie einen Judenstern bildeten. Aber nein, ich legte schlicht irgendwelche Muster – wahrscheinlich harmlose, da ich mich nicht mehr an sie erinnere –, während ich geduldig, ich glaube sogar folgsam, wartete, bis meine Klasse den Park verlassen und mich wieder aufsammeln würde.

Wahrscheinlich war das nicht der einzige Ausflug, den wir zu Anfang des Sommers 1942 machten, aber es ist der einzige, dessen Einzelheiten ich mit so großer Deutlichkeit vor mir sehe und wohl nie vergessen werde.

Im Grunde genommen stimmt das nicht ganz. Beck und ich waren in jenem Jahr gemeinsam bei mehreren Fahrradrennen im Vélodrome d'Hiver, das erste Mal am Tag vor meinem zehnten Geburtstag, weil dieser Geburtstag auf einen Montag fiel und die Radrennen sonntags stattfanden. Unsere Eltern hatten uns allein gehen lassen. Place-d'Italie in die Metro, ohne Umsteigen bis zum Quai-de-Grenelle.

Ein Kunde hatte meinem Vater ein Paar Schuhe zum Reparieren gebracht, die in den *Miroir des Sports* eingewickelt waren. Die Illustrierte war voller Photos von Radrennfahrern, die eine Zeitlang unsere Idole waren. Beck und ich hatten kein Fahrrad und konnten auch gar nicht radfahren, aber all diese Photos mit Bildunterschriften hatten unsere Neugier geweckt. Dort stand, daß Van Vliet, »der holländische Champion mit Brille«, ein starker Rennfahrer sei. Von Scherens – sechsfacher Weltmeister – hieß es, er habe »Klasse«. Ich erinnere mich, daß dieses Wort uns beschäftigte. Es gelang uns nicht, genau zu definieren, was der Ausdruck »Klasse haben« bei einem Radrennfahrer bedeutete.

Sehr rasch waren uns die Namen der Rennfahrer vertraut: Derksen, Van Vliet, Scherens, Gérardin, Senfftleben, Gosselin, Degelas, Chaillot, Noblet und Guy Claisy, zwar noch ein Amateur, aber unser Liebling, weil er erst siebzehn war.

An jenem Tag, dem Tag vor meinem Geburtstag, hatte sich Van Vliet in allen Vorläufen durchgesetzt. Ein Herr mit grauem Hut, der offenbar häufig zu den Rennen ging und von der Anwesenheit zweier kleiner Jungen in dieser Erwachsenenwelt vielleicht gerührt war, hatte uns erklärt:

»Van Vliet versteht es, immer abzuwarten und auf die Spurts seiner Gegner zu reagieren.«

Wir waren sehr beeindruckt.

Dieses ganz neue Vokabular hatte uns dazu verleitet, selbst eine Zeitung zu machen, die sich mit Bahnradrennen beschäftigte. Ich schnitt die Photographien aus und klebte sie ein. Beck kümmerte sich um die Artikel, wobei er sich stark von dem beeinflussen ließ, was er gelesen hatte:

Technik von Van Vliet: die Führung übernehmen, um seine Überlegenheit deutlich zu machen. In der Gegengeraden langsamer werden, um den Angriff abzuwarten. Die Gegner in einem langen

»Stehversuch« beherrschen und mit einem herrlichen Sprint wieder loslegen und auf den letzten Metern »springen«.

Und unter ein Photo, auf dem Van Vliet zu sehen war, der auf dem Fahrrad saß und einen Blumenstrauß schwenkte, hatte Beck geschrieben:

Der Blumenstrauß und die Ehrenrunde des Siegers.

Beim letzten Rennen, zu dem wir unsere kostbare Zeitung mitnahmen, die sich nach und nach mit Autogrammen berühmter Radrennfahrer gefüllt hatte, fuhr Senfftleben, der 1941 französischer Meister im Sprint gewesen war, erstmals bei den Profis. Unglücklicherweise wurde er bereits beim ersten Vorlauf wegen eines unabsichtlichen Fehlers disqualifiziert anstatt einfach nur zurückgestuft und konnte deswegen nicht an den anderen Vorläufen teilnehmen. »Eine harte Strafe«, hatte Beck sehr ernsthaft erklärt. Ich hatte mich voller Bewunderung zu ihm umgedreht.

Wenig später hatte ich »Senff« in einem dicken, karierten Bademantel in der Nähe der Umkleidekabinen ausgemacht. Ich wollte zu ihm wegen des Autogramms, aber Beck hielt mich am Arm zurück: Dem Champion liefen die Tränen über das Gesicht.

Und dann kam die Befreiung und fast gleichzeitig der Schulanfang. Für mich der erste seit zwei Jahren.

Seit ein paar Wochen beherbergten meine Eltern Henryk Keisch. Henryk Keisch war ein deutscher Dichter – ausgezeichnet mit dem Heine-Preis – und als Freiwilliger 1936 bei den Internationalen Brigaden gewesen. Selbstverständlich war er nicht nach Deutschland zurückgekehrt, und natürlich hatte er sich im französischen Widerstand engagiert. Während der Besatzungszeit war ein deutsches Militärmateriallager in der Rue Abel-Hovelacque hochgegangen, und Henryk Keisch hatte uns kürzlich gesagt, daß er der Urheber dieser Operation gewesen sei. Ich will damit nur sagen, wie stolz ich war, als er mir vorschlug, mich an diesem ersten Schultag mit dem Auto zur Schule zu fahren. Er hatte einen schwarzen Wagen mit Frontantrieb, einen *11 CV Traction avant* – seitdem kann ich diese Wagen fast mit geschlossenen Augen zeichnen. An jeder Seite des Wagens auf Höhe der vorderen Kotflügel, auf denen man noch die Aufschrift FTP* lesen konnte, flatterten kleine blau-weiß-rote Fähnchen. Es war ein Wagen der Résistance.

Der Schulweg war ziemlich lang. Meine Eltern hatten die Wohnung in der Rue de la Butte-aux-Cailles noch nicht wieder zurückerhalten, die Haustür war noch versiegelt. Unterwegs hatte Henryk, den ich mit seinem Vornamen anreden sollte, mir die *Internationale* auf russisch vorgesungen, damit ich sie lerne.

Das erste Mal habe ich, glaube ich, die *Internationale* 1938 in Bonneuil gehört. Aber auf deutsch.

Eine Gruppe deutscher Antifaschisten, Freiwillige im Spanischen Bürgerkrieg, hatte ein Zeltlager organisiert, bei dem Geld und Lebensmittel für die spanischen Republikaner gesammelt wurden. Ich war damals sechs oder sieben, und deswegen ist meine Erinnerung an diese Tage sehr vage. Aber vielleicht wegen der allgemeinen Ergriffenheit, als abends am Lagerfeuer die *Internationale* gesungen wurde, vielleicht auch wegen der Sanftheit, mit der sie gesungen wurde – nicht eine Faust hatte sich erhoben –, habe ich noch heute, 1951, dreizehn Jahre später, den Klang von damals im Ohr und kann, ohne im geringsten zu stocken, die ersten Zeilen auf deutsch singen. Und wahrscheinlich

* Franc-tireurs et partisans – Militärische Organisation der Résistance (A.d.Ü).

liegt es an dem Gefühl von damals, das durch die besonderen Umstände jenes Schulanfangs in gewisser Weise noch gesteigert wurde, daß mir seitdem jedes Mal, wenn ich dieses Lied höre, nach den ersten deutschen Worten wie eine natürliche Fortsetzung einige Zeilen auf russisch in den Sinn kommen.

Ich vermute, daß meine Eltern Keisch in Bonneuil kennengelernt haben. Unter seinem freundschaftlichen und wohlwollenden und vielleicht auch leicht amüsierten oder einfach gerührten Blick habe ich die Schule betreten.

Und unter dem Blick der anderen.

Ich war gerächt, glücklich.

Ich wurde der Held, der Widerstandskämpfer. Ich war zwölfeinhalb.

Von dem Polizeikommissar aus der Rue Bobillot, für den mein Vater Maßschuhe anfertigte, haben wir eines Nachmittags erfahren, daß am nächsten Morgen eine große Razzia stattfinden würde.

Vorsichtig geworden durch die ersten Verfolgungen, denen die Juden zum Opfer fielen, hatten meine Eltern es für klüger gehalten, den kleinen Raum, den sie gerade erworben hatten und der im Wesentlichen als Lager für das Leder diente, nicht bei der Präfektur zu melden. In diesem Raum haben wir uns versteckt.

Mein Vater war vor der Ausgangssperre zu Becks gelaufen, um sie zu warnen, aber sei es, daß sie es nicht wirklich glaubten, sei es, daß sie nicht wußten, wohin, jedenfalls blieben sie zu Hause. Nachbarn haben später erzählt, daß sie gesehen hätten, wie Polizisten die ganze Familie Beck abführten. Man hat sie ins Vélodrome d'Hiver gebracht. Das war am Donnerstag, den 16. Juli 1942, vormittags.

Für Henri Beck gab es nie mehr einen Schulanfang.

Seine Abwesenheit wurde nicht bemerkt. Für Kinder hat die Vergangenheit, vor allem am ersten Schultag, keine große Bedeutung. Nur die Gegenwart zählt. Und dann gab es auch noch ein paar Neue, denen übrigens ebenfalls wenig Interesse entgegengebracht wurde. Ein einzelner Neuer fällt auf. Aber mehrere? Die richten sich ohne großes Aufsehen ein.

Ich dachte natürlich an Henri Beck. Aber man sprach nicht von ihm. Auch nicht von denen, die aus anderen Gründen nicht wieder in die Schule gekommen waren. Man sprach einfach deshalb nicht von ihm, weil er nicht mehr da war. Auf diese Weise vergißt man nach und nach eine Stimme und ein Gesicht. Und außerdem hatte Beck keinerlei besondere Kennzeichen. Ich erinnere mich jedenfalls an kein einziges besonderes Kennzeichen. Er war nur Klassenbester. Das war sein Merkmal, sein besonderes Kennzeichen. Immer Bester zu sein, das mußte stören. Vielleicht wußte man, daß er nicht in Frankreich geboren war. Seit wann war er da? Wir haben nie darüber gesprochen. Er war nur irgendwann in mein Leben getreten, und wir waren Freunde gewesen.

Als ich 1945 wieder in die Rue de la Butte-aux-Cailles gezogen bin, war die Nummer 7 ein Geschäft für Flitterkram geworden. Angezogen von den Farben im Schaufenster, habe ich die Straße überquert. Ein langer Tisch voll mit kleinen Farbtöpfen, Pinseln und Näpfen hatte das Brett und die Böcke ersetzt, die Vater Beck als Auslage gedient hatten. Es war auch jemand im Schaufenster. Ein junges Mädchen. Es saß zur Straße hin, leicht über den Tisch gebeugt, und malte mit einem sehr feinen Pinsel ein Seebild auf einen breiten Gürtel. Aber mein Blick galt ihr. Sie trug eine hübsche Faltenbluse mit einem harmonischen Blumenmuster aus Klatschmohn, Kornblumen, Butterblumen und anderen Blumen in leuchtenden Farben, die zusammen mit ihrem nicht einmal geschminkten Gesicht und ihren hellen Augen einen riesigen Blumenstrauß zu bilden schienen, und ich erinnere mich, daß gerade dieses Bild, obwohl es mir die Brust zusammenschnürte, für mich später immer *das* Bild der Nachkriegszeit war.

Als sie sich erhob, um den fertigen Gürtel an einer Art Stange hinter sich aufzuhängen, bemerkte ich ein signiertes Photo von Van Vliet, das mit Reißzwecken an der Seitenwand befestigt war. Vor dem Krieg hatte ich genau dasselbe. Besser gesagt, 1941. Auf derselben Wand konnte ich noch andere Photos von Radrennfahrern erkennen, aber die kannte ich nicht.

Weil ich noch immer da stand und ins Schaufenster starrte, als sie zurückkam und sich wieder setzte, hat sie mir zugelächelt. Es war ein sanftes Lächeln. Ich habe mich ein bißchen geschämt. Ich bin gegangen.

Jetzt rannte ich morgens auf dem Schulweg bei der Bäckerei Hauer über die Straße. Vor Nummer 7 ging ich langsamer. Manchmal blieb ich einen kurzen Augenblick stehen, wenn das junge Mädchen bereits, über ihre Gürtel gebeugt, sorgfältig zarte ländliche Szenen, Jagdszenen oder häufiger noch die Sehenswürdigkeiten von Paris zeichnete, und erst wenn ich am Schreibwarenladen Noyelle vorbeikam, wechselte ich erneut die Straßenseite.

Als ich einmal von diesem inzwischen vertrauten Weg zurückkam, habe ich erfahren, daß das junge Mädchen verheiratet war.

Ich erinnere mich noch daran, wie überrascht ich war, als ich wie gewöhnlich im Laden meines Vaters vorbeischaute, bevor ich hinaufging, um meine Aufgaben zu machen, und sah, wie er gerade ein Paar Radrennschuhe machte.

»Für wen machst du die?«

»Die sind zum Rennfahren.«

»Ja, das weiß ich. Aber für wen?«

»Für den, der jetzt im Laden von Beck ist. Er fährt Rennen. Seine Frau malt.«

Ich habe sofort begriffen, daß die zahlreichen Photos der mir unbekannten Radrennfahrer an den Wänden des Ladens in Nummer 7 die Leistungen des Ehemanns dokumentierten.

Als ich die Treppe hinaufging, habe ich mich gefragt, was aus der Zeitung geworden sein mochte, die Beck und ich zusammengestellt hatten, und aus dem Exemplar von *Tom Sawyers Abenteuer*, mit dem er als Klassenbester belohnt worden war.

Beck fehlte wirklich niemandem.

Bald war der gesamte Club des Ehemanns Kunde bei meinem Vater, der mich, überzeugt davon, mir eine riesige Freude zu machen, und vielleicht auch, weil er ein bißchen stolz darauf war, ich glaube etwas ungeschickt als einen großen Radsportspezialisten vorstellte. Dank dieser Radleidenschaft wurde ich daraufhin in das Vélodrome d'Hiver eingeladen, um dort Siege und Niederlagen einer neuen Rennfahrergeneration mitzuerleben.

»Sag mir Bescheid, und du wirst im Vélodrome d'Hiver wie zu Hause sein.«

Aber ich bin nicht hingegangen.

Ich habe ihn nur ein einziges Mal ein Rennen fahren sehen. Das war anläßlich der Feiern zum ersten 14. Juli nach dem Krieg, die von den Händlern der Rue de la Butte-aux-Cailles organisiert worden waren. Drei Tage lang hatte eine

Kapelle gespielt, die auf einem kleinen Gerüst direkt oberhalb der Pissoirs des Platzes saß. Sportwettkämpfe hatten stattgefunden. Unter meinen Fenstern war ein richtiger Boxring aufgebaut worden, und es wurden Boxkämpfe in fast allen Klassen ausgetragen. Die Radrennen hatte alle der Ehemann gewonnen (aber wie hieß er nur?). Für den Nachmittag des 13. waren Kinderspiele vorgesehen, aber obwohl meine Eltern mich drängten, hatte ich nicht teilnehmen wollen.

Ich hatte die Erinnerungen an jenes Frühjahr 1942 hochkommen lassen, als Beck und ich uns so nah gewesen waren, und erst 1947 verschwand die von mir damals empfundene leicht feindselige Reserviertheit, und meine Leidenschaft für den Radrennsport lebte wieder auf.

Wegen der Tour de France.

Mit dem Ohr am Radiogerät wie zur Zeit des triumphalen Vormarschs der Marschälle Schukow, Konjew und Rokossowskij verfolgte ich die Wechselfälle dieses bereits legendären Wettkampfs, bei dem mehr als hundert Fahrer mehr als 4500 Kilometern gepflasterter oder geteerter Straßen die Stirn boten. Eine »große Schleife« aus beeindrukkenden Pässen und schwindelerregenden Abfahrten, bei der die entscheidende letzte Runde, der Endspurt, auf der Bahn stattfindet, bei der die Fahrer sich beklatschen lassen können und der Sieger danach den Blumenstrauß in Empfang nimmt.

Und gefesselt von den Radiostimmen der Reporter, die über jene drei Wochen dauernden Kämpfe berichteten, die sich außergewöhnliche Radsportler Tag für Tag lieferten, empfand ich für diese Helden (ein Wort, das ich bis dahin nur den Kämpfern der Résistance zuerkannt hatte) eine Art bewundernden Respekt, der dem Radsport neuen Glanz verlieh.

Ja, es war schön, was da im Radio passierte.

Und das Ziel befand sich im Parc des Princes.

Das Drama der Tour 1947 spielte sich auf der Etappe Vannes-Saint-Brieuc ab, drei Tage vor dem Ziel. 139 Kilometer Zeitfahren. 139 Kilometer, die die Fahrer allein zurücklegten, angewiesen ganz allein auf die eigene Kraft.

Auf René Vietto konzentrierten sich alle Hoffnungen einer Generation, die ihn von der letzten Vorkriegs-Tour-de-France kannte und bewunderte, als er Zweiter geworden war. Acht Jahre der Ungeduld, und dann bei nur einer Etappe das Ende eines Traums. Nachdem er in Vannes als Träger des Gelben Trikots aufgebrochen war, wenn auch nur mit 1:34 Vorsprung vor seinem direkten Verfolger, war er zusammengebrochen. Physisch, hat man gesagt, und das stimmte vielleicht. Aber ich bin überzeugt, daß er genügend Stolz und Hochmut hatte, um sein Gelbes Trikot zu retten.

Es war der Motorradunfall eines Freundes, der seine Ambitionen beendete (»Ich habe geglaubt, er sei tot«, hatte Vietto bei der Ankunft gesagt). Und mehr noch als sein einsames Rennen hatte das blutige Gesicht des Freundes, der am Straßenrand lag, den Champion überwältigt. Man stelle sich den »König René« vor: allein, hilflos, sich selbst überlassen, mehr noch erschüttert als resigniert, der vor allen anderen begreift, daß die Tour für ihn verloren ist.

Bei den nächsten Rennen der Tour de France folgte ein phantastischer Rennfahrer auf den anderen. Robic gewann sie 1947. 1948 dann Gino Bartali, der schon 1938 Sieger gewesen war. 1949 dann Fausto Coppi, 1950 Ferdi Kubler.

1951 war es Hugo Koblet. Und in diesem Jahr war ich zum ersten Mal Betreuer in einer Ferienkolonie.

2

»Die Pfeife von Papa, verloren, wer weiß wo
die steckte bei Mama, mitten in ih… rer Tasche.«

Ganz offensichtlich war das kein Ferienkolonielied. Es wurde von einem einzelnen Kind geschmettert, aus einer Toilette heraus über den Schulhof von Tarnos, wo die CCE* regelmäßig eine ihrer Ferienkolonien durchführte.

Im Hof waren fast keine Kinder, nur ein paar Kleine, die auf das Wort »Tasche« hin in Richtung Toiletten stürzten. Das Spiel bestand darin zu erraten, woher genau die Stimme kam. Sie gehörte Maurice. Er hatte sich dieses Spiel ausgedacht, für das die Kleinen sichtlich eine gewisse Begeisterung bekundeten. Der Gewinner, derjenige, der als erster das Versteck fand, wurde von dem zwölfjährigen Maurice mit einem militärischen Gruß belohnt.

Da ich dachte, daß man sich in einer Ferienkolonie durch andere Beschäftigungen entwickeln könne, versuchte ich beim nächsten Mal herauszufinden, in welcher Toilette sich Maurice versteckt hatte. Er muß übrigens sofort verstanden haben, daß ich die Tür nicht deshalb so plötzlich aufriß, weil ich mitspielen wollte, denn er hörte mitten im Lied auf, bevor er nochmal sagen konnte, wo die Pfeife von Papa steckte.

* *Commission Centrale de l'Enfance*: Zentrale Kinderkommission. Eine Organisation, die vor der Befreiung Frankreichs von der »Vereinigung der Juden für die Résistance und gegenseitige Hilfe« (*Union des Juifs pour la résistance et l'entraide*, UJRE) gegründet worden war, deren Aufgabe vor allem der Schutz jüdischer Kinder war.

Etwas später habe ich mich gefragt, warum er bei dem Spiel nicht ein Lied gesungen hat, das er in der Kolonie gelernt hatte. Denn Liederhefte gab es jede Menge in der Kolonie. Hefte in der Art von »Chantons jeunesse« mit Liedern von Paul Vaillant-Couturier, vertont von Schostakowitsch. Und andere, die wir nach und nach mit einigen jiddischen Liedern, ein paar Volksliedern und revolutionären Liedern füllten, darunter auch *Wir sind die Moorsoldaten.* Aber Maurice hatte offenbar ein Lied von anderswo her gebraucht, um sich zu unterscheiden.

Manchmal hatten die Größeren den Abend zur freien Verfügung. Einige blieben im Speisesaal und schrieben oder spielten Schach. Andere gingen in ihr Zimmer hinauf, um zu lesen. Wenn sie wollten, konnten sie sich, schon im Schlafanzug, gemeinsam in einem Zimmer treffen, und ein Betreuer erzählte ihnen eine Geschichte oder einen Film. Manchmal wurden Schallplatten gehört oder man redete über alles mögliche. Die Kinder liebten diese Augenblicke der Freiheit.

Eines Abends brachte ich ihnen ein Lied bei, das ich sehr mochte, *Das Lied der Kröten,* und das so anfängt:

»Die Nacht ist so klar,
der Teich ohne Wellen
im herrlichen Himmel
leuchtet der Mond«

Und ein bißchen weiter:

»Im tiefen Schlamm
mit großem Verzücken
und goldbraunen Blicken
singen die Kröten ihr Lied«

Wie immer sang ich vier Zeilen, und die Kinder wiederholten sie mit mir. An einem Abend war ein Lied gelernt.

Damit man versteht, was an dem Abend geschah, muß ich ein bißchen mehr über den Text des Liedes sagen:

»Es heißt, wir werden
gehaßt von den Menschen
wir stören den Schlaf
mit unsrem Gesang
[...]
Und das Kind, das sich nähert
erbleicht und erschrickt
es scheucht uns zurück
und bewirft uns mit Steinen«

Erst als wir diese letzten Zeilen gemeinsam wiederholten, habe ich gespürt, daß hinter mir etwas geschah. Ich habe mich etwas irritiert umgedreht. Es war Maurice. Er klammerte sich mit den Händen an eine Bettkante, zitterte am ganzen Körper und klapperte mit den Zähnen. Ich habe versucht, ihn zu fragen, was er hat, aber zu dumme Fragen gestellt, wie man sie eben stellt, wenn man nicht sofort weiß, was zu tun ist, Fragen wie: »Hast du Fieber?«, während ein paar Kinder, verunsichert und gleichzeitig neugierig, mechanisch weitergesungen haben. Plötzlich fiel Maurice hintenüber, kauerte sich völlig zusammen, ganz in sich verschlossen und biß sich in die Hand, bis es blutete. Ich habe sofort ein Kind nach einem anderen Betreuer losgeschickt, während ich versuchte, klaren Kopf zu bewahren. Langsam gelang es mir, seine Hand durch meine zu ersetzen. Ich war beruhigt. Der Schmerz war weniger stark, als ich befürchtet hatte. Maurice war noch bei Bewußtsein. Joël, der Betreuer, den ich hatte rufen lassen, ist gekommen, und ich konnte Maurice in mein Zimmer tragen. Ich habe ihn schön warm zugedeckt, denn er zitterte noch immer. Ich habe seine zerbissene Hand in meine Hände genommen und ihm dann den Kopf gestreichelt. Und plötzlich fiel es mir wieder ein.

Es war in Clamart im Internat im Winter 1943/44. Ein paar jüdische Kinder waren dort versteckt, mit falscher Identität. Es waren außerdem auch Kinder dort, die aus anderen Gründen ins Internat geschickt worden waren. Einmal pro Woche, wahrscheinlich donnerstags, machten wir mit dem Pfarrer, der uns unterrichtete, einen Ausflug in den Wald. Ein Zweck unseres Ausflugs war das Aufsammeln der Eßkastanien, die von den Bäumen gefallen waren. Diese Kastanien bekamen wir im Internat dann geröstet zum Nachtisch. Und erst, wenn die Leinensäcke voll waren, durften wir machen, was wir wollten.

Die Größeren hatten ein grausames Spiel erfunden. In den Teichen des Waldes, kaum verdeckt von dem dichten Schilfrohr, hockten Kröten, die sich nur selten bewegten. Ab und zu sprang eine von ihnen auf, andere bemerkte man durch ihr Quaken. Das Spiel bestand darin, ein paar Kröten zu fangen und ein kleines Feuer anzuzünden. Dann hielten die Jungen, es waren drei oder vier, immer dieselben, die Kröten mit zwei Stöcken über das Feuer. Unter Schmerzen zappelten die Tiere, krümmten sich zusammen, wie um von der Flamme wegzukommen. Zunächst wurden ihre Augen am Kopf größer und größer. Dann wurden sie blicklos. Schließlich schlossen sich die Augen. Die Kröten starben, weil sie Kröten waren.

Manche von uns empörten sich darüber. Wir hatten uns schlagen wollen, aber dazu war es nicht gekommen, weil wir fürchteten, daß unsere Empörung verraten würde, was nicht verraten werden durfte. Und da die Vorsicht gebot, nicht allzu sehr aufzufallen, traten Argumente an die Stelle des Aufstands. Sie bewirkten natürlich gar nichts. »Die Tiere sind häßlich, und außerdem gibt es ganz viele davon«, war die abschließende Antwort der Internatsschüler. Es schien sogar fast, als würde ihnen unser Verhalten – vielleicht, weil es zu zaghaft war – Vergnügen bereiten.

Unter uns war ein kleiner fünfjähriger Junge. Auch er hatte seine Eltern verlassen müssen und war gerade angekommen. Wie hatte er nur herausgefunden, daß wir zusammengehörten? Jedenfalls richtete er seine ganze Zuneigung auf uns. Wenn wir einen Ausflug machten, hielt er uns an der Hand. Nur um nicht allein zu bleiben. Wie um sich anzuvertrauen. Bei einem der ersten Ausflüge hatte er mit ansehen müssen, was die Großen lachend »das Scheiterhaufen-Spiel« nannten. Und er hatte angefangen zu schreien, mit den Füßen zu stampfen. Und plötzlich hatte er sich zu Boden geworfen. Und da wir ruhig sein mußten, hatten wir ihn genommen und weiter weg zu den Bäumen gebracht, um ihn zu beruhigen, ihn aus seiner Wut zu befreien, ihm ins Ohr zu flüstern, daß die Kröten gerächt werden würden.

Maurice war eingeschlafen, und jetzt hatte ich ihn wiedererkannt. Er war der kleine Junge von Clamart mit dem tränenüberströmten Gesicht, der taumelnd vor Kummer schier erstickte. Sein Anfall war aus dieser unerträglichen Erinnerung heraus entstanden, einer Erinnerung, die durch ein Lied wieder lebendig geworden war, das die vergangenen Jahre auslöschte und sich nun, glaube ich, für immer in sein Gedächtnis eingrub.

Und die großen Jungen im Internat von Clamart hatten bei den Ausflügen lauthals gesungen:

»Die Pfeife von Papa, verloren wer weiß wo…«

An die Kastanien, denen wir in diesem Winter den Nachtisch verdankten, hatte ich mich bereits 1945 in Andrésy einmal erinnert. Es war meine erste Ferienkolonie gewesen, schon damals eine der CCE. Für das Abschlußfest hatte ein Betreuer, den wir »Drama« nannten, mit uns einen Sprechchor einstudiert nach dem Gedicht *Courage* von Paul Éluard. Ich hatte mich über die ersten beiden Zeilen gewundert:

»Paris friert Paris hungert
Paris ißt keine Kastanien auf der Straße mehr«,

weil ich geglaubt hatte, daß es im Krieg an allem gemangelt habe, außer an Kastanien.

Da Maurice sich geweigert hatte, beim Ausflug seiner Gruppe mitzugehen, ist er auf dem Schulhof geblieben und hat mit den Kleineren gespielt. Und weil man ihn schließlich nicht ständig von einem Betreuer beaufsichtigen lassen konnte – außerdem war er nicht der Einzige; an schwierigen Kindern herrschte in der Kolonie wahrlich kein Mangel – und man ihn, sicher vorschnell und ohne es wirklich auszusprechen, für verantwortungslos hielt, war beschlossen worden, ihm gerade deshalb Verantwortung zu übertragen. Da es auch dieses Jahr wieder darum ging, ein Fest für das Ende der Ferien zu organisieren, habe ich ihn gefragt, ob er einverstanden sei, eine Zirkusaufführung vorzubereiten. Natürlich war er einverstanden. Also haben wir uns an einem Nachmittag während der Mittagsruhe ein Blatt Papier genommen und an dem Projekt gearbeitet.

»So«, habe ich zu Maurice gesagt, »zuerst müssen wir überlegen, wie der Zirkus aufgebaut ist. Bei sechs Kindern auf jeder Bank mußt du folgendermaßen rechnen: zwei Reihen für die Kleinsten. Dahinter eine Reihe Tische, und auf den Tischen Bänke für die Großen. Damit müßtest du, wenn du dann noch den Platz berücksichtigst, den die Künstler für ihren Auftritt brauchen, den Durchmesser der Manege finden. Das solltest du alles auch aufschreiben.«

»Nein, nein, das geht schon.«

»Schreib es trotzdem auf. Weißt du, bei allen Aufführungen gibt es einen Inspizienten, einen Regisseur, einen Conférencier, einen Bühnenbildner. Und hier bist du das alles zusammen.«

»Was ist ein Inspizient?«

»Das ist derjenige, der alles aufschreibt: Die Reihenfolge der Nummern, die Liste mit den Requisiten für jede Nummer ...«

»Und was macht dann der Regisseur?«

Da habe ich gezögert. Fast hätte ich so etwas gesagt wie: Das ist derjenige, der das Geschehen auf der Bühne lebendig macht, aber ich habe mich gerade noch zurückgehalten, und das war gut so. Maurice wäre sicher erschrocken und vielleicht entmutigt. So habe ich nur gesagt, daß ein Regisseur in etwa das tut, was ein Betreuer macht, wenn er mit seiner Gruppe einen Sketch für einen bunten Abend vorbereitet. Das war im übrigen auch richtiger.

Danach saßen wir nebeneinander und redeten über einen Haufen Sachen, für die er zuständig sein würde. Zum Beispiel mußte er danach gucken, wer eine Jonglier-, Balancier- oder Dressurnummer – natürlich mit unechten Tieren – machen würde und das ganze restliche Programm. Zusammen mit Boris, dem Faktotum der Kolonie, der tatsächlich alles konnte und ihm mit dem größten Vergnügen helfen würde, mußte er klären, wie und mit welchen Werkzeugen der Boden vorbereitet, die Zeltpflöcke geschnitten und eingeschlagen werden mußten.

»Dann müssen auch noch die Eintrittskarten gemacht werden. Du wirst sehen, wie sich die Kleinen freuen, wenn jeder seine eigene Eintrittskarte für den Zirkus hat – du kennst sie ja.«

Außerdem habe ich ihm gesagt, daß es noch zwei Wochen bis zum Fest seien und ich bis dahin keine anderen Geschichten mit ihm mehr wolle als solche, die die Organisation des Zirkus beträfen.

Bevor ich ihn den Problemen überließ – ich stellte noch einmal klar, daß er sie mit anderen teilen könne –, fragte ich ihn, ob er selbst auch auftreten wolle.

»Ja, als Clown!«

»Clown? ... Ja, warum eigentlich nicht? Du hast recht. Ach übrigens, wenn du zufällig einen Partner brauchst, denk an mich.«

Er hat mich angesehen, um herauszufinden, ob ich auch wirklich ernst meinte, was ich sagte.

Dann bin ich aufgestanden, weil die Mittagsruhe für die anderen vorbei war.

Ich habe schon gesagt, daß in der Kolonie an schwierigen Kindern wahrlich kein Mangel herrschte. Man erkannte sie natürlich sehr schnell. Besonders unter jenen, die keine Post bekamen. Die Onkel und Tanten, wenn es denn welche gab, gehörten meistens zu der Sorte Mensch, die eher Briefe verlangen, als selber welche zu schicken.

Bei den Vorbereitungsgesprächen für die Arbeit in der Kolonie hatte Louba, die Direktorin, uns gesagt, daß wir durch das Verteilen der Post rasch die Namen der Kinder lernen würden. Wir nannten die Kinder beim Namen und erkannten sie wieder, und das war für sie wichtig. So machten wir es dann auch, ohne zu begreifen, daß diese Post diskreter hätte verteilt werden müssen.

Die Kinder, die auch »Heimkinder« genannt wurden,

kamen aus den Kinderheimen von Andrésy, Livry-Gargan, Le Raincy. Sie verbrachten das ganze Jahr in Gemeinschaft, und wenn die Ferien begannen, kamen sie wieder in eine Gemeinschaft, aber mit anderen, die nicht ihre Probleme hatten. Das heißt, sie hatten gute Gründe, schwierig zu sein, da etwas in ihnen endgültig zerbrochen war.

Unmittelbar vor den Ferien hatte ich ein Motorrad gekauft. Eine 125er Monet-Goyon. Gebraucht, aber für den Preis in ganz passablem Zustand. Ich hatte ohne Schwierigkeiten bei der CCE durchsetzen können, daß es mir per Zug nachgeschickt wurde, denn ein Motorrad kann in einer Ferienkolonie immer nützlich sein. Und es war tatsächlich nützlich, wenn auch auf andere Weise, als ich es mir vorgestellt hatte.

Die Mittagsruhe habe ich bereits erwähnt, aber noch nicht gesagt, wie heilig sie bei der CCE war. Außer für die Kinder. Zu Anfang hatten sich einige Betreuer – das war jedes Jahr so – bestimmte, vermeintlich subtile Techniken oder die eine oder andere List ausgedacht, um die Kinder wirkungsvoll zum Schlafen zu bringen, so wie etwa der Betreuer, der sich in einem Schlafsaal der Großen auf ein nicht benutztes Bett legte, um es vorzumachen. Die Idee war gut, denn er ist sofort eingeschlafen, aber das Beispiel nicht, denn natürlich hatte es ihm kein einziges der Kinder nachgemacht. Eher im Gegenteil. Es war ein solcher Lärm, daß Hélène, eine Betreuerin, durch das bis ans Ende des Gangs zu hörende Gelächter stutzig geworden war und eingeschritten ist. Paul, der sich zum Dirigenten gemacht hatte, dirigierte die Kinder, die im Chor »Pst, Pst!« flüsterten und auf ein Bett zeigten. Dort entdeckte Hélène Joël, der sich offenbar auch durch den größten Lärm nicht in seinem Mittagsschlaf stören ließ. Das ist genau die Art Situation, in der das beste ist, man lacht einfach. Hélène brauchte sich nicht groß zu überwinden.

»Es gibt keine gute Mittagsruhe ohne ruhiges Mittagessen«, hatte Louba gesagt. Sie hatte recht. Genau darauf kam es an. Aber es gibt Tage, an denen ein Kind ohne ersichtlichen Grund besonders nervend ist. An so einem Tag war mir mein Motorrad nützlich.

Aus einem Grund, den zu erklären ich mir nicht die Zeit genommen habe, sei es, weil man mir beigebracht hatte, daß nicht alles zwangsläufig erklärbar ist, sei es vielleicht eher, weil es im allgemeinen mehrere Erklärungen gibt, hatte Paul, der Dirigent des »Pst, Pst!«-Chores, nicht nur die Mittagsruhe verweigert, sondern zudem noch beschlossen, die anderen daran zu hindern. Wenn ich sage »hindern«, dann ist das Wort sicherlich zu stark, weil ich nie gesehen habe, daß ein Kind in sein Zimmer stürzt, nur um unbedingt Mittagsruhe zu halten. In solchen Fällen reagieren die anderen nicht. Sie warten ab. Neugierig darauf, was der Betreuer wohl tun wird. Aber das wußte ich selbst nicht.

»Gut«, habe ich gesagt. »Du willst keinen Mittagsschlaf machen? Also schön, komm mit.«

Ich habe ihn in mein Zimmer mitgenommen und auf mein Bett gezeigt.

»Hier hinderst du wenigstens niemand anderen am Schlafen.«

»Wenn du mich hier allein läßt, hau ich alles in Stücke.«

Ich betrachtete ihn. Seine Heftigkeit machte mir Angst. Außerdem befand sich hier meine Sammlung mit Schellack-Jazzplatten.

»Also gut! Dann kommst du mit!«

Ich bin aus dem Zimmer gegangen, ohne ihn weiter zu beachten. Ich hörte, wie er mir folgte. Immerhin.

Ich wußte nicht, ob er sich über die Situation lustig machte.

Im Hof stand mein Motorrad.

»Los, steig auf!«

Plötzlich war er still. Er rührte sich auch nicht mehr, so überrascht war er. Er sah mich nur an. Noch nicht einmal mit einem seltsamen Ausdruck. Er sah mich an, weil er nicht verstand. Aber er stellte keine Fragen.

»Na, worauf wartest du? Steig auf.«

Er ist aufgestiegen, immer noch ohne zu verstehen. Fast gleichzeitig bin ich auch aufgestiegen und in Richtung Dorf losgefahren, ohne ihm auch nur zu sagen, er solle sich festhalten.

Am Anfang fuhr ich normal, und Paul schien sich am Sattel festzuhalten. Ich habe die Straße zum Strand genommen, wo zu dieser Tageszeit niemand war, und bin schneller gefahren. Sehr schnell sogar. Wir beide haben nichts gesagt, Paul nicht und ich auch nicht, und plötzlich umschlangen seine Arme meine Taille. Da habe ich das Motorrad auf Höchstgeschwindigkeit gebracht und Pauls Körper an meinem Rücken gespürt. Dann auch seinen Kopf. Dann haben sich seine Hände vor meinem Bauch verschränkt. Aber ich spürte in Pauls Umklammerung keine Angst. Im Gegenteil, es war fast so, als habe er gerade jemanden gefunden, dem er sich anvertrauen konnte, vielleicht sogar jemanden, bei dem er sich beklagen konnte, so etwas wie ein Gefühl der Hingabe. In diesem unsinnigen Rennen lag etwas, was ich nicht definieren konnte. Ich hatte aber den Eindruck, wir beide spürten plötzlich, daß es etwas gab, das wir endlich teilen konnten.

Natürlich haben wir am Strand nicht angehalten, und auf dem Rückweg bin ich ganz selbstverständlich, fast ohne es wirklich zu beschließen, langsamer gefahren. Und trotzdem hatte Paul sich nicht bewegt. Er umschlang mich noch immer mit den Armen.

Als wir im Hof vom Motorrad abgestiegen sind, haben wir kein Wort gesagt, genausowenig wie zuvor auf der Straße.

Am bis dahin klaren Himmel waren Wolken aufgezogen, und Paul fing an zu frösteln. Ich habe ihn in sein Zimmer gebracht, dessen Türe offengeblieben war. Aber ich bin nicht hineingegangen.

»Leg dich jetzt hin.«

Natürlich wurde sofort getuschelt: »Wo seid ihr hingefahren? Was hat er mit dir gemacht?«

»Klappe!« hat Paul gesagt.

Das war die richtige Antwort. Ich bin gegangen.

Ich hatte ganz viele meiner Jazzplatten mit in die Kolonie gebracht, weil ich fand, daß es keine bessere Musik gibt.

In der ersten Woche hatte ich für die Großen einen Schallplattenabend organisiert. Ich hatte den Abend gründlich vorbereitet, weil ich wußte, daß ich mit den meisten anderen Betreuern in Konkurrenz treten würde, die jede beliebige Beethoven-Sonate vorgezogen hätten. Und wenn ich sage »vorgezogen«, dann ist das Wort nicht ganz richtig, weil sie sich auf einen Vergleich gar nicht einlassen wollten.

Um die Kinder gleich auf meine Seite zu ziehen, hatte ich meinen Vortrag mit einer Reihe von Fragen begonnen: Wer hat schon einmal Jazz gehört? Mag jemand von euch diese Musik? Wer ist euer Lieblings-Jazzmusiker?

Und da, bei der letzten Frage, hat ein Betreuer, dessen Namen ich lieber nicht nennen möchte, weil ihn das beschämen würde, geantwortet: Paul Robeson.

Ich habe mir sofort gesagt, daß es keine gute Idee war, den Vortrag mit Fragen zu beginnen, und wäre es möglich gewesen, dann hätte ich den Abend an dieser Stelle sofort abgebrochen, weil ich keine Möglichkeit sah, mit der Diskussion zu beginnen, ohne die unerläßliche gute Laune zu verlieren, die man braucht, um den Jazz-Bazillus zu verbreiten.

»Zunächst einmal ist Paul Robeson kein Jazz …«

»Und was ist dann mit *Old Man River*?«

Man hatte mir erzählt, daß im Jahr zuvor ein Betreuer den Kindern dieses Lied mit einem französischen Text beigebracht hatte, den ich vage kannte, weil ich ihn, gesungen von Armand Mestral, im Radio gehört hatte.

»Ewiger Fluß
der du strömst unter dem Himmel
Wenn du uns sagtest
Was du alles weißt
Wüßten wir zuviel
Du strömst schweigend dahin.«

»*Old Man River* ist eben kein Jazz. Schon deswegen, weil Jazz, wenn er gesungen wird, nur englisch gesungen werden kann. Außerdem singt Paul Robeson wie ein Weißer.«

Derselbe Betreuer, dessen Namen ich noch immer nicht nennen möchte, verstand nicht, was es bedeuten soll, wie ein Weißer zu singen, und außerdem verstand er nicht, warum das ein Nachteil sein sollte. Er hat mich sofort gefragt, warum ein Weißer, der Jazz mochte, keinen spielen könne – und damit hatte er recht.

»Eben das ist der Unterschied«, habe ich ihm geantwortet. »Es gibt auch weiße Jazzmusiker. Ich rede nicht von Aimé Barelli und all denen. Das ist kommerzieller Jazz. Nein, die weißen Jazzmusiker versuchen, wenn sie gut sind, als erstes wie Schwarze zu spielen, und manchmal gehen sie sogar so weit, deren Leben zu teilen, auch wenn ihr Leben mit dem der Schwarzen überhaupt nichts zu tun hat, weil die Probleme eines Weißen aufgrund des Rassismus in den Vereinigten Staaten nie dieselben sein werden wie die von Schwarzen. Übrigens ist es kein Zufall, daß die meisten weißen Jazzmusiker Emigranten sind, die Europa verlassen haben, um dem Elend und dem Rassismus zu entfliehen, deren Opfer sie waren.«

An dieser Stelle habe ich gemerkt, daß ich gerade einen Punkt gemacht hatte, weil das Anprangern von Rassismus, vor allem des amerikanischen, bei der CCE eher gern gesehen war. Die Gelegenheit habe ich genutzt, um von Bessie Smith zu erzählen, und mir gesagt, daß ich auf die vorgesehene chronologische Reihenfolge später zurückkommen würde. Ich habe also mit dem Tod von Bessie Smith begonnen. Ich habe erzählt, wie sie gestorben ist. Wie sie eines Tages im Jahr 1937 im Staat Mississippi bei einem Autounfall verunglückte. Wie man ihr im Krankenhaus erklärt hat, daß man wegen ihrer Hautfarbe keinen Platz für sie habe, und wie sie weiter Blut verlor. Und wie sie, als ein Krankenhaus sie schließlich aufnahm, gestorben ist, weil sie all ihr Blut in diesem Staat verloren hatte, der von der größten Bluessängerin nichts wissen wollte.

Dann habe ich drei Zeilen aus *Young Woman Blues* zitiert:

»Nobody knows my name, nobobdy knows
what I've done,
I'm as good as any woman in your town.
I ain't no high yeller, I'm a beginner brown …«*

* »Niemand kennt meinen Namen, niemand weiß, was ich getan habe, / Aber ich bin genauso viel wert wie jede Frau in Eurer Stadt. / Ich bin kein Mischling, ich habe braune Haut.«

Und ich habe die Platte aufgelegt.

Danach habe ich von den Anfängen erzählt. Von den nach Amerika verschleppten afrikanischen Sklaven und ihrer Musik, die in die klassische Instrumentalmusik eingegangen ist. Aber ich glaube, ich habe zu lange geredet. Ich hatte beschlossen, von der Geschichte auszugehen, um zur Musik zu kommen, aber ich hatte Schwierigkeiten, vom einen zum anderen zu gelangen, und ich habe mich ein wenig verstrickt, als ich von den Klangfarben der Instrumente gesprochen habe, die denen der menschlichen Stimme ähneln. Natürlich habe ich erwähnt, daß der Jazz sicher dazu beigetragen hat, die Rassentrennung zurückzudrängen, wenn auch unvollkommen. Aber ich hätte gerne besser erklärt, worin das gemeinsame Improvisieren besteht, hätte vor allem gern von dessen Bedeutung und dessen Reiz gesprochen. Ich glaube aber, daß ich gesagt habe, daß der Jazz eine Musik ist, die zunächst von dem redet, was man im Herzen trägt, und mir war bewußt, daß diese Kinder, zumindest einige unter ihnen, während sie Jelly Roll Morton, King Oliver, Louis Armstrong, Sidney Bechet, Fats Waller und Duke Ellington zuhörten, sicherlich zum ersten Mal gehört und vielleicht verstanden haben, daß es im 20. Jahrhundert keine vitalere, schöpferischere und großherzigere Musik gibt als Jazz.

Und doch hat der Jazz als Musik, die vom Leben erzählt, an diesem Abend seine Rolle noch nicht so richtig erfüllt. Das kam erst etwas später. Mit Milena. Mit der dreizehnjährigen Milena. Wie Paul, wie Maurice, wie viele andere kam auch sie aus Andrésy. Bei Tisch saß sie neben mir, und natürlich merkte ich sofort, wenn etwas nicht stimmte.

Eines Tages stimmte wirklich etwas nicht. Als ihr die Tränen kamen, ist Milena aufgestanden und rausgerannt in

Richtung des Kiefernwaldes, der an die Kolonie angrenzt. Ich wußte natürlich nicht, was sich hinter diesen Tränen verbarg, aber ich bin auch aufgestanden, um ihr zu sagen, daß wir, wenn sie wolle, während der Mittagsruhe ein bißchen reden könnten. Dann bin ich wieder zu den anderen zurück.

Ich habe mich mit Milena getroffen, nachdem die Mittagsruhe begonnen hatte. Wir sind erst ein Stück gelaufen, ohne ein Wort. Ohne ein Wort, weil ich angesichts dieser Art von Tränen immer dasselbe Gefühl der Ohnmacht empfinde. Ich kannte diese Tränen, weil ich sie schon in den Ferienkolonien der CCE gesehen hatte, als ich noch nicht Betreuer war. Die Tränen liefen bei diesen Kindern etwas länger als bei anderen, weil sie fast das einzige waren, was die Kinder hatten, um sich verständlich zu machen.

Vielleicht war es ein Blick oder eine zärtliche Geste, die Milena hatte zusammenschrecken lassen, auch wenn diese Gesten, wie sie wußte, nicht wirklich dieselben waren, die ihr fast schon ihr Leben lang fehlten, die sie kennengelernt hatte, als sie ganz klein war, und die sie glaubte, vergessen zu haben.

Dennoch mußte Milenas Kummer gelindert werden, auch wenn einem bewußt war, daß er andauern und sich nur verbergen würde. Doch langsam, nach und nach, würde er einer sanften Neugier weichen.

»Möchtest du, daß wir ein bißchen Musik hören?«

Außer dem Plattenspieler der Kolonie gab es im Zimmer der Betreuer ein Grammophon, auf dem ich regelmäßig meine Jazzplatten hörte. Nach jeder Seite mußte ich die Kurbel wieder aufziehen und die Nadeln wechseln, um die Platten zu schonen. Milena saß auf einem Bett und wartete.

»Das ist eine Platte von Jelly Roll Morton. Die habe ich

neulich abend nicht gespielt. Es heißt *Oh Didn't He Ramble.* Hören wir's an und reden danach?«

Oh Didn't He Ramble beschreibt ein Begräbnis in New Orleans und beginnt mit einem Leichenzug. Danach kommt die Rede oder besser die traditionelle Predigt:

»Earth to earth
Ashes to ashes
Dust to dust.«

(Milena habe ich nur »Dust to dust« übersetzt: »Staub zu Staub«.) Dann, vermischt mit dem üblich Folgenden, von dem ich nicht alles verstand, Rufe, Tränen, Brüllen, Stöhnen, Klagen und dieser einfache Satz: »Ein wirklich guter Mann.«

Ich kannte nicht alle Namen der Musiker, aus denen sich »Jelly Roll Morton's New Orleans Jazzmen« zusammensetzten, aber ich wußte, daß Zutty Singleton am Schlagzeug saß und Sidney de Paris Trompete spielte. Sidney Bechet am Sopransaxophon war sofort zu erkennen. Auch bei Albert Nicholas war ich mir sicher, wegen der Leichtigkeit und Zartheit seines Spiels einer meiner Lieblingsklarinettisten. Ich wußte nicht, wer die anderen waren, und so oder so hatte ich Milena nicht herkommen lassen, um sie mit Musikernamen vollzustopfen. Ich wollte nur, daß sie der Geschichte von *Oh Didn't He Ramble* zuhörte.

Auf das Stimmengewirr folgte ein Trommelwirbel von Zutty Singleton, unmittelbar danach ein Trompetensignal, Auftakt zu einer fabelhaften Gruppenimprovisation in irrsinnigem Tempo. Und plötzlich, als alles schon beendet schien, ein langsam abklingender Trommelwirbel und eine Stimme: »He ramble, he ramble, he ramble.«

»Was hat er gesagt?« hat Milena gefragt.

»›He ramble, he ramble, he ramble.‹ Das ist ein etwas kompliziertes Wort, für das es keine direkte Entsprechung im Französischen gibt. Es bedeutet zugleich umherstrolchen, ein unstetes Leben führen, weit herumkommen, Schläge einstecken, aber auch austeilen. Es bedeutet, ein schwieriges, aber erfülltes Leben zu leben.«

Ich habe das Grammophon wieder aufgezogen und die Nadel erneut auf die Platte gesetzt.

Ich hatte Angst vor der Stille, aber da die Musik weiterging, konnten wir so bleiben, uns schweigend gegenüber sitzend, jeder auf einem Bett, ich, der Betreuer, mit der unerfüllbaren Aufgabe, einen Trost für sie zu finden, und sie, das Kind, mit der Aufgabe, ihn anzunehmen. Die Worte allein, jedenfalls jene, die ich kannte, machten mir ebenfalls Angst, weil sie mir ungenügend schienen. Sie mußten über die Musik vermittelt werden. Ich klammerte mich an die Musik, die mich leitete, weil Milena wartete und ich jetzt wirklich etwas erklären mußte.

»Also. Ein Mann stirbt, und bei seinem Begräbnis sind alle seine Freunde da und weinen. Sie weinen, weil er ihnen fehlen wird. Und er wird ihnen fehlen, weil sie gemeinsam vieles gemacht haben. Sie haben gemeinsam ein oft schwieriges Leben gemeistert, ein Leben, in dem sie haben kämpfen müssen. Und sie sind hergekommen, um ihm Ehre zu erweisen. Nicht nur mit Reden. Natürlich haben sie unter Tränen gesagt, was sie zu sagen hatten, aber ihm Ehre zu erweisen, ihm wirklich Ehre zu erweisen, besteht vor allem darin zu sagen, was diesen Mann auszeichnete, als er noch unter ihnen war. Er lebte, um zu versuchen, glücklich zu sein und die glücklich zu machen, die er liebte und mit denen er vielleicht ein bißchen zu viel Whisky getrunken hat – am Anfang der Platte sagt das jemand. Also feiern die Musiker, weil der, den sie begraben, so gern gefeiert hat, weil er das Leben liebte. Und sie spielen, wie sie vielleicht noch nie gespielt haben. Und sie sagen sich, daß ihr Freund sicher da unten in seinem Sarg mit dem Fuß den Rhythmus stampft.«

Milenas Tränen waren wieder da. Vielleicht, weil sie nicht über solche Erinnerungen verfügte, Lebenserinnerungen, die es ihr erlaubt hätten, ihren toten Eltern Ehre zu erweisen. Aber Milena selbst war diese Erinnerung.

»Hör mir mal zu, Milena, ich bin sicher, daß deine Eltern bis zum letzten Augenblick gewollt haben, daß sie mit aller Kraft gewünscht haben, daß du lebst, und nicht, daß du sie beweinst. Dafür haben sie gelebt. Nur dafür. Und du mußt wie diese Musiker sein. Du mußt lachen, darin besteht deine Musik.«

Ich habe noch andere Dinge gesagt, aber ich weiß nicht mehr, wie. Vielleicht habe ich es geschafft, ihr zu sagen, daß ihr Leben da sei, um das ihrer Eltern zu verlängern und um das zu verwirklichen, was sie sich so sehr erhofft hatten. Aber ich glaube nicht. Vielleicht habe ich es nur gedacht, bevor ich es ihr gesagt habe, weil sich nach und nach durch den Kummer eine Art Glanz in Milenas Augen abzeichnete.

Ich hatte die Platte bereits seit einer Weile nicht wieder abgespielt. Eine Fliege, eine dicke Fliege, wie es sie im Sommer gibt, wenn die Luft etwas drückend ist, flog seit einiger Zeit immer wieder gegen das Fenster, das ich wegen der Musik geschlossen hatte.

Ich habe das Fenster geöffnet, und die Fliege ist sofort hinausgeflogen.

Dann herrschte Schweigen, und von dem Schweigen ging eine Art Sanftheit aus. Ein Schweigen, in dem wir beide präsent waren. Milenas Gesicht schien von einem seltsamen Frieden ergriffen, und ich hatte das Bedürfnis, sie in meine Arme zu nehmen. Aber das durfte ich nicht, wegen all dem, was das bedeuten konnte.

Als Milena das Zimmer verlassen hat, war die Mittagsruhe fast vorbei. Ich dankte Jelly Roll Morton und habe die Platte wieder in ihre Hülle getan. Oben auf dem Stapel lag eine Platte von Fats Waller: *Two Sleepy People.* Mein Lieblings-Fats-Waller, glaube ich, aber das war nicht der richtige Augenblick, um ihn zu hören, weil ich das Bedürfnis hatte, mich hinzulegen, so wie man sich im Gras ausstreckt. Um Raum um mich herum zu spüren. Also habe ich mich für *The Joint Is Jumping* entschieden und mich nur kurz hingesetzt.

Wieder einmal habe ich gedacht, daß Fats Waller wirklich der Musiker ist, den man auf eine einsame Insel mitnehmen sollte. Der einzige, der unter Jazz-Anhängern bei seinem Vornamen genannt wurde. Auch wenn »Fats« nur ein Spitzname war. Fats Waller war alles zugleich: subtil, ironisch, hellsichtig, großzügig, phantasievoll, schamhaft, vertraulich und taktvoll, und er verschleierte seine Zärtlichkeit immer mit Spötteleien. Und plötzlich habe ich zum ersten Mal auf den Text von *The Joint Is Jumping* geachtet. Nach den Polizeipfiffen und den Sirenen am Ende kam ein Ratschlag: »Don't give your right name, no, no!« Thomas »Fats« Waller hatte alles verstanden! »Sagt bloß nicht euren richtigen Namen, nein, nein!«

Ich habe vergessen zu sagen, daß Milena im allgemeinen fröhlich war.

In Paris, in der »Bar vert« in der Rue Jacob, hatte ich die Bekanntschaft mit »Les Araucans« gemacht, einem chilenischen Trio. Djuri, der Wirt der »Bar vert« und selbst Gitarrist, hatte uns einander vorgestellt, und wir waren Freunde geworden. Obwohl sie eigentlich zum Studium nach Paris gekommen waren (Inesita studierte Malerei an der Ecole des Beaux-Arts, Marta verbesserte ihre Französischkenntnisse, und nur Eduardo studierte neben Philosophie auch Komposition), hatten sie sich zu einem Trio zusammengetan und waren sehr rasch Berufsmusiker geworden. Ihre Tournee hatte sie diesen Sommer nach Biarritz geführt, und ich hatte es so eingerichtet, daß mein freier Tag mit ihrem Auftritt zusammenfiel.

Als wir nach ihrem Konzert in einem Café auf der Place Bellevue noch etwas tranken und ich erfuhr, daß ihr nächstes Konzert erst zwei Tage später an einem anderen Ort stattfand, hatte ich sie mühelos dazu überreden können, am nächsten Abend in der Kolonie zu singen.

Bereits vor ihrem eigentlichen Auftritt – sie hatten beim Abendessen instinktiv jeder an einem anderen Tisch Platz genommen – hatten sie die Kinder erobert. Ich glaube sagen zu können, daß der Abend etwas Magisches hatte. Lag es daran, daß die Kinder ungewöhnlich intensiv zuhörten? Lag es daran, daß ich Inesita, Marta und Eduardo gesagt hatte, was das Besondere an dieser Ferienkolonie war? Noch nie hatten sie, so schien es mir jedenfalls, so gesungen. Die Zartheit und Intensität ihrer Stimmen verschmolzen zu etwas so Vollkommenem, daß ich erschauerte.

Ihnen gelang auf sehr viel natürlichere Weise, was ich an dem Jazz-Abend versucht hatte. Sie kamen in ihrer chilenischen Tracht und stellten sich zunächst einmal vor. Sie hatten sich den Namen »Les Araucans« ausgesucht, um – bei allem Interesse für die zeitgenössische Musik – auszudrükken, daß ihre Wurzeln in der indianischen Kultur lagen, denn die Araukaner waren die indianische Bevölkerung Zentralchiles, die den spanischen Eroberern entschiedenen Widerstand geleistet hatte. Eduardo war selbst ein Nachkomme araukanischer Indios. Sie sprachen auch über ihre

Instrumente und ließen sogar ein paar ihrer zahlreichen Flöten herumgehen. Am Ende des Abends, nach dem Versprechen, daß alle sofort danach schlafen gehen würden, brachte Inesita den Kindern ein Lied bei, ein Gedicht von Pablo Neruda, das sie vertont hatte.

Zwei wichtige Ereignisse prägten diesen Abend noch, aber die Bedeutung des zweiten wurde mir erst etwas später bewußt.

Weil schließlich jeder irgendwann einmal den Kopf auf die Schulter eines Freundes legen muß – Inesita hat das sicher sehr schnell verstanden –, hatten wir uns beide, sie und ich, bald danach in dem kleinen Kiefernwäldchen getroffen.

Nur in der Krankenstation, die vom Hauptgebäude getrennt war, brannte noch Licht. Wir hatten uns auf einem Bett aus Moos und Kiefernnadeln ausgestreckt, und von da aus konnten wir durch die dunklen Bäume das Fenster erkennen, hinter dem sich die unscharfen Silhouetten von Marta und Eduardo erahnen ließen. Die anderen Fenster waren lange schon dunkel, die Kinder hatten ihr Versprechen, das sie im Austausch gegen das gelernte Lied gegeben hatten, offenbar gehalten.

Mir schien es, als ob die Küsse, mit denen ich Inesitas Gesicht und ihre Schultern bedeckte, mich nährten, so groß war ihre Freigebigkeit. Als ich die Tränen schließlich nicht mehr zurückhalten konnte, zog sie mich sanft an sich, hielt mich fest und bedeckte mich – wie um all das, was mich seit ein paar Wochen belastete, aus mir herauszulocken, da sie es nicht mit mir teilen konnte – ihrerseits mit Küssen, die noch lange in mir blieben.

Es war spät, als unsere Körper sich endlich voneinander lösten und ich Inesita in ihr Zimmer zurückbegleitete. Ich hatte noch ihren unaufdringlichen Haselnußduft in der

Nase, als ein Licht wie von einer Taschenlampe im Fenster des Schlafsaals der großen Mädchen aufleuchtete.

Sie hatten mich nicht kommen hören, weil sie miteinander tuschelten. Ich habe das Licht angemacht, keine einzige von ihnen schlief.

»Wißt ihr, daß es drei Uhr morgens ist?«

»Ja, und du?«

Sie haben gelacht, so herausfordernd wie dreizehnjährige Mädchen lachen, wenn sie zu mehreren sind.

»Meint ihr nicht, es wäre Zeit zu schlafen?«

»Und du? Du bist noch angezogen.«

Ich wollte gerade irgend etwas antworten, als Milena, deren Abwesenheit ich nicht bemerkt hatte, das Zimmer betrat.

Ruhig, fast geheimnisvoll, sah sie mich an, ohne ein Wort zu sagen. Ihr leicht verträumter Blick stand in Kontrast zu der Ironie ihrer Gesten. Betont vorsichtig nahm sie eine Kiefernnadel zwischen Daumen und Zeigefinger, die auf Schulterhöhe an meinem Pullover hängengeblieben war. Dann eine andere, die in meinem Haar hing. Dann ließ sie, noch immer schweigend, die Kiefernnadeln aus dem offengebliebenen Fenster fallen. Schließlich ist sie in ihr Bett geschlüpft, hat gute Nacht gesagt und die Augen geschlossen.

Ein bißchen verwirrt habe ich ebenfalls gute Nacht gesagt und das Licht ausgemacht.

Kaum hatte ich das Zimmer verlassen, begann wieder das Flüstern und Lachen, aber ich beschloß, mir darüber keine Gedanken mehr zu machen.

Am nächsten Morgen beim Frühstück saß Betty neben mir, die jüngere Schwester von Raphaël, einem der Betreuer, mit dem ich mein Zimmer teilte. Ich suchte nach Milena. Sie saß auf der anderen Seite, ganz am Ende des Tischs.

Wie in den Jahren zuvor war das Abschlußfest der Kolonie ein Erfolg.

Was den Kleinsten sicherlich am längsten in Erinnerung bleiben wird, war das strahlende Gesicht von Maurice in seiner Rolle als Clown mit jiddischem Akzent. Er unterstrich das Ende jeder Nummer mit einem »Auf euer Wohl, Kameraden!«, ein Ausdruck, den er von Boris aufgeschnappt hatte, als dieser eines Tages mit Lieferanten etwas getrunken hatte.

Das war zwei Tage vor der gefürchteten Rückkehr nach Paris.

Dann kam die Zugfahrt bis zur Gare d'Austerlitz und die auf dem Bahnsteig gesungenen Lieder, immer dieselben:

»Trennen wir uns, da das Leben
jetzt schon unsre Wege trennt.«

Und dazu gerührte Eltern, die zuhörten.

Und wie die Züge, die sich auf anderen Gleisen langsam, fast ruckartig, in Bewegung setzen und zu anderen Zielen aufbrechen, die Gruppe der Kinder, die darauf zu warten schienen, daß die anderen nicht mehr zu sehen waren, um auch dieses Jahr wieder zurück in die Heime von Andrésy, Le Raincy oder Livry-Gargan zu fahren ...

Für mich gab es dann ein paar Augenblicke später an einem Zeitungskiosk im Bahnhof auf dem Titelblatt von *Miroir-Sprint* das Photo von Hugo Koblet, dem frisch gekürten Sieger der Tour de France.

Ich hatte das Rennen in diesem Jahr nicht genau verfolgt, aber ich wußte doch, daß an diesem 15. Juli 1951 zwischen Brive und Agen das geschehen war, was vielleicht die schönste Leistung in der Geschichte der Tour de France war.

Hugo Koblet hatte auf einen Spurt von Lucien Lazaridès mit Ausreißen reagiert und vor einem völlig aufgebrachten Hauptfeld und trotz Gegenwind allein die 135 Kilometer zurückgelegt, die ihn von Agen trennten.

Mehr als drei Stunden einsames Rennen, die Hände am Lenker, und dann die Eleganz, sich vor dem Ziel rasch noch mit dem Kamm durchs Haar zu fahren und die Stoppuhr zu drücken, um den Abstand zu seinen Verfolgern zu messen – genau das war Hugo Koblets »Klasse«, jenes Wort, das Henri Beck und mich vor jetzt fast zehn Jahren so beschäftigt hatte.

3

Abgesehen von dem Hund, der gerade an eine Tanne neben dem Tor gepinkelt hatte, war niemand im Park.

Das war ein guter Empfang, denn ich hatte beschlossen, an einem Wochentag nachmittags in Andrésy anzukommen, wenn die Kinder noch in der Schule waren. An diesen Ort, an dem ich doch 1945 schon einmal in einer Ferienkolonie gewesen war, kam ich wie ein Neuling, der im Internat ankommt, im Anzug und mit einem Koffer in der Hand. Das war so, weil ich diesmal gerade nicht für die Ferien herkam.

Das Schloß war jetzt ein Kinderheim, und das bereits seit sieben Jahren.

Inzwischen waren Erzieher dagewesen, die kurz auftauchten und wieder verschwanden. Heute war ich dran, und ich wußte nicht, für wie lange. Das Problem ist, daß wir ein bißchen zu häufig die Betreuer wechseln, hatte mir Milena im letzten Sommer gesagt.

Man hatte mir gesagt: »Nimm erstmal nur einen kleinen Koffer mit.« Und ich habe nur einen kleinen Koffer mitgenommen. Ein Betreuer ist nur etwas Vorläufiges.

Ich war die Ruhe, die zu dieser Zeit im Park herrschte, nicht gewöhnt. Ich hatte ein ländlicheres Bild in Erinnerung, Kinder, die überall herumrennen. Ich hätte mich vielleicht auch einen Augenblick hingesetzt, hätten mich nicht Akkordeonklänge gelockt, die anscheinend aus der Küche kamen.

Willi mußte etwa fünfundvierzig Jahre alt sein. Oder eher fünfzig. Oder vielleicht irgendwas dazwischen. Er trug eine alte, khakifarbene, dicke, blankgewetzte Armeehose, von der er sich nie zu trennen schien.

»Du bist also Joseph?« hat Willi gesagt, während er leise weiter Akkordeon spielte. »Ich bin Willi.«

»Ja, das habe ich mir gedacht, daß Sie Willi sind.«

Ich bereute es sofort, ihn gesiezt zu haben, und fragte mich, warum ich das getan hatte. Aber Willi schien sich nicht darüber zu wundern.

Er entlockte seinem Akkordeon noch ein paar Töne.

»Kennst du das?«

»Nein ... Aber es kommt mir bekannt vor. Ich muß das schon irgendwo gehört haben.«

»Hanns Eisler. Hier, das kennst du bestimmt.«

Und Willi leitete zu einer Strophe von Brecht über.

»*Das Einheitsfrontlied.*«

»Richtig. Das ist auch von Hanns Eisler.«

Und er wiederholte die beiden letzten Zeilen der Strophe:

»Es macht ihn ein Geschwätz nicht satt,
das schafft kein Essen her.«

»Sag mal, willst du den Anzug anlassen?« hat Willi unvermittelt gefragt und sein Akkordeon abgestellt. »Nimm deinen Koffer, ich zeig dir dein Zimmer.«

Als die Kinder kamen, hatte ich die Jacke ausgezogen, trug eine Kordhose und hatte auch schon die Bekanntschaft von Masltów gemacht, dem Hund, der gegen den Baum gepinkelt hatte.

Beim Abendessen habe ich mich auf den Platz gesetzt,

den man mir zugewiesen hatte. Fast alle aus Tarnos waren da: Maurice, Paul, Max, René, Suzanne und auch Milena, neben der ich wieder saß.

Danach wurden hastige und ungeschickt formulierte Fragen gestellt, und bei diesen Fragen überkam mich das Gefühl, das ich bereits am Nachmittag empfunden hatte, als ich den leeren Park betrat. Welchen Platz würde ich in diesem Haus einnehmen? Wozu war ich da?

Wie in Tarnos kamen die Betreuer regelmäßig, wenn die Kinder im Bett waren, noch im Speisesaal zusammen, um sich kurz zu entspannen. Oder auch in der Küche, um noch eine Kleinigkeit zu essen. Diese eher formlosen Zusammenkünfte ersetzten außerdem offizielle Besprechungen.

Manchmal kam auch noch ein Kind dazu mit dem üblichen Vorwand »Ich kann nicht schlafen«. Es aß eine Kleinigkeit mit und blieb eine Weile, bevor einer von uns es in sein Zimmer zurückbrachte.

Boris, hier genauso unentbehrlich wie in Tarnos, war bei diesen Besprechungen auch dabei. Immer mit einer Flasche »Neinziger«, die seinen Worten nach einen friedlichen Schlaf garantierte. Ich dachte, »Neinziger« sei eine Herkunftsbezeichnung. Erst als ich das Glas trank, das Boris mir eingeschenkt hatte, wurde mir die Bedeutung klar: »Neinziger« bedeutete 90 Prozent.

Mireille, die seit Loubas Weggang Direktorin in Andrésy war, würde das Haus in ein paar Wochen verlassen. Sie hatte sich immer gern um die Kleinen gekümmert, aber die Kleinen waren größer geworden. Der jüngste, André, der bald zehn wurde, war vor etwa zwei Wochen zu seinem Onkel gefahren, der eingewilligt hatte, ihn aufzunehmen.

Natürlich war ich nicht hergekommen, um Mireille zu ersetzen. Diese Aufgabe würde Willi übernehmen. Nur fehlte dann eben einer, und dafür war ich gekommen.

Wahrscheinlich waren auch meine Erinnerungen an die Ferienkolonie von Tarnos ausschlaggebend für die Entscheidung, die ich getroffen hatte.

Sehr schnell hatte ich Masltów liebgewonnen, auch wenn er mich geradezu gleichgültig empfangen hatte. Masltów war ein zutraulicher Hund. Manchmal erschreckte er sich jedoch ohne jeden Anlaß und wurde plötzlich furchtsam. Manchmal begleitete er mich auch, wenn ich die Kinder von der Schule abholte.

Auf dem Rückweg von der Schule übrigens hatte sich Masltów eines Tages den Kindern angeschlossen, hatte dann im Schloß mit ihnen den Nachmittagsimbiß geteilt und war geblieben. Manchmal lief er für ein oder zwei Tage fort. Einmal war er im Bahnhof von Andrésy hinter den Kindern, die nach Paris fuhren, in den Zug gesprungen. Sie hatten ihn an der nächsten Station auf den Bahnsteig gesetzt, und Masltów war ganz allein zum Schloß zurückgekommen. Masltów kam immer zurück. Wahrscheinlich wird man nie erfahren, wo er hergekommen ist. Niemand hat je nach ihm gefragt. Wenn Masltów immer zurückkam, dann deswegen, weil er beschlossen hatte, hier zu leben. So war er schon bald drei Jahre da, und natürlich hatte Boris ihm den Namen Masltów gegeben.

In den ersten Tagen hatten mich einige der Kinder, die mich nicht kannten, Joseph 2 genannt, weil es schon einen Betreuer namens Joseph in Andrésy gegeben hatte, der ziemlich lange geblieben war. Aber sehr bald ist die Nummer weggefallen, und ich war einfach wieder Joseph.

Welchen Platz ich in Andrésy einnehmen sollte, war noch unklar, und das beschäftigte mich sehr. Die gemeinsamen Erinnerungen, von denen ich gesprochen habe, die sich zu einer festen Grundlage entwickelt hatten, auf die ich mich stützen zu können glaubte, erleichterten mir die Aufgabe, aber es gab auch all das, was ich noch nicht wußte und was ich lernen und entdecken mußte. Zum Beispiel, daß meine Anwesenheit hier für mich vielleicht wichtiger war als für die anderen. Und daß das Ordnen der Bibliothek, in der ich so viele kostbare Augenblicke verbringen sollte, dazu führte, daß mein Aufenthalt in Andrésy plötzlich eine ganz unerwartete Bedeutung für mich bekam.

4

Februar 1952

Lieber Henri,

stell Dir vor, ich habe endlich *Tom Sawyers Abenteuer* fertig gelesen. »Fertiglesen« ist nicht ganz das richtige Wort. In Wirklichkeit habe ich es zum ersten Mal ganz gelesen, denn es ist komisch, daß abgesehen von ein paar kurzen Stellen, an die ich mich noch gut erinnern kann und die mir vertraut vorkamen, ich alles andere vergessen hatte. Ich wußte nicht einmal mehr, wie viele Kapitel Monsieur Pellorce uns vorgelesen hatte, bevor er es Dir gab und Du es in Deinem Ranzen mitgenommen hast.

Vor ein paar Tagen bin ich beim Ordnen einer Bibliothek auf *Tom Sawyers Abenteuer* gestoßen. In diesem Moment habe ich daran gedacht, Dir zu schreiben. Daß ich es tun könnte, genügte mir schon.

Es ist gut, glaube ich, daß die Erinnerung an die Zeit, als wir zusammen in die Schule gingen, diesen Briefwechsel in Gang setzt. Denn es wird nicht bei diesem einen Brief bleiben, da bin ich mir sicher.

Damals habe ich noch keine Bücher gelesen. Und da ich sicher nicht der einzige war, hatte Monsieur Pellorce, wie Du Dich vielleicht erinnerst, die gute Idee (erst heute weiß ich, daß es eine gute Idee war), die Lektüre auf Seite 15 kurz zu unterbrechen. Das ist die Stelle, wo Tom Sawyers ganzes Interesse und sein Eifer darauf ausgerichtet sind, auf besondere Weise pfeifen zu lernen. Monsieur Pellorce hatte die Klasse gefragt, ob jemand so pfeifen könne wie Tom, und sofort hat Rémy – Du erinnerst Dich doch an Rémy – geantwortet, indem er auf seine übliche Weise gepfiffen hat, nämlich auf zwei Fingern. »Noch jemand?« hatte Monsieur Pellorce gefragt. Also hatten wir alle angefangen zu pfeifen, und diese plötzliche Freiheit anläßlich einer Lektüre hatte uns so begeistert, daß wir um so aufmerksamer lauschten.

Nach dieser Stelle erzählt Mark Twain von dem Dorf Sankt Petersburg in Amerika, und ich hatte in meiner Naivität geglaubt, daß ein Autor sich solche Freiheiten nehmen dürfte, schließlich wußte ich genau, daß Sankt Petersburg der ehemalige Name von Leningrad war. Aber stell Dir vor – ich habe es gerade aus einem Atlas –, es gibt zwei Sankt Petersburgs in den Vereinigten Staaten. Eines in Florida, aber zu groß, um das aus dem Buch zu sein, und ein anderes in Pennsylvania zwischen Pittsburgh und dem Eriesee, und das ist wahrscheinlich das Dorf von Tom Sawyer.

Da ist noch etwas, woran ich mich beim Lesen erinnert habe, was direkt mit Dir zu tun hat. Monsieur Pellorce hat uns die Überschriften aller Kapitel vorgelesen und uns auch die Eigennamen buchstabiert, außer Huckleberry Finn, den er an die Tafel schreiben mußte. Ich schreibe Dir das, als ob Du Dich nicht daran erinnern würdest, aber das ist ein bißchen wie bei den Radrennen, die wir uns gleich nach unserem Besuch im Vélodrome d'Hiver bis ins kleinste Detail erzählt haben, wo wir sie doch gemeinsam erlebt hatten. Das sechste Kapitel trägt die Überschrift »Tom lernt Becky kennen«, und Monsieur Pellorce hatte buchstabiert B, E, C, K, und dann merkwürdigerweise eine kurze Pause gemacht, bevor er Y hinzufügte, was zu allgemeiner Heiterkeit führte, da Becky ein Mädchenname ist. Monsieur Pellorce hat erst wieder für Ruhe sorgen müssen und dann erklärt, daß Becky vielleicht die weibliche Form von Beck sei, und das sei auch nicht komischer als Jeanne oder Jacqueline, es gibt ja auch schon einen Jean oder Jacques.

Für einen ersten Brief rede ich vielleicht ein bißchen zu viel von *Tom Sawyer*, aber ich glaube eigentlich nicht, schließlich war dieses Buch der Auslöser für alles.

Also noch ein letztes.

An einer Stelle heißt es: »Mary nahm Talg und rieb damit sorgfältig ihre guten Schuhe ein, wie es sich gehörte.« Ich war wohl abgelenkt und hatte »Judenschuhe« statt »gute Schuhe« verstanden, vielleicht weil Monsieur Pellorce undeutlich gesprochen hatte oder weil ich das Wort Talg nicht kannte. Vielleicht erinnerst Du Dich auch, daß mein Vater Schuhmacher war, und da die Leute kamen, um ihm ihre Schuhe zur Reparatur zu bringen, hatte ich es normal gefunden, daß Leute von »Judenschuhen« redeten, auch wenn ich den Ausdruck eher ein bißchen abfällig fand, vor allem, wenn hinzugefügt wurde: »Wie es sich gehörte.« Es war mir unangenehm, auch wenn niemand darauf einging und ich wußte, daß viele Juden als Schuster arbeiteten. Ich wußte noch nicht, daß man wenig später gezwungen sein würde, sich das Wort »Jude« auf die Brust zu heften, aber ich wußte bereits genug, um innerlich zu wiederholen: »Mary nahm Talg und rieb damit sorgfältig ihre Judenschuhe ein, wie es sich gehörte.«

Ich habe vorhin gesagt, daß es nicht bei diesem einen Brief bleiben wird. Vor allem sollen diese Briefe Dich auf dem Laufenden halten, weil ich jetzt in der Lage bin, Dir zu schreiben, was es Neues auf der Welt gibt. Durch das, was ich aus den Zeitungen erfahre? Nicht nur. Es passiert so viel, ich könnte gar nicht von allem schreiben. Und außerdem bin ich im Rückstand. Fast zehn Jahre! Ich muß mich also auf das beschränken, was uns interessiert. Jedenfalls muß ich Dir weiter schreiben, und die Geschichte wird

Dich nicht entbehren müssen, nur weil Du nicht antworten wirst.

Bewahren wir uns unsere Freundschaft.

Joseph

5

Mit einem Exemplar des *Figaro* vom Vortag bin ich an jenem Abend ins Kinderheim zurückgekehrt. Ich hatte, genau gesagt, den *Figaro* nicht gekauft. Bei meiner Ankunft hatte ein plötzlicher Windstoß eine Zeitung gegen das Parkgitter gepreßt. Auf diese Weise hatte ich zum ersten Mal ein Exemplar des *Figaro* in der Hand.

Es war mein erster freier Tag, und ich hatte nicht recht gewußt, was ich damit anfangen sollte. Erst nach dem Mittagessen habe ich beschlossen, rasch in den Zug nach Paris zu steigen und bei meinen Eltern vorbeizuschauen, um noch ein paar Sachen zu holen, auch Jazzplatten, denn als Maurice mich gefragt hatte, ob ich ernsthaft hier sei, war mir sofort klar gewesen, daß sich mein Aufenthalt in Andrésy weit über die nächsten Ferien hinaus verlängern würde.

Ich hatte es mit der Lektüre des *Figaro* nicht eilig. Sehr viel mehr beschäftigte mich die Verwirrung, in die mich dieser erste freie Tag gestürzt hatte.

Als die Kinder im Bett waren, bin ich zu den anderen Betreuern in den Speisesaal gegangen. Aber erst nachdem Boris mit seinem »Neinziger« gegangen war, konnte ich in Ruhe mit Mireille sprechen.

»Willst du mich etwas fragen, Joseph? Komm mit in die Küche, ich mach uns einen Tee.«

So hat sie die Führung übernommen. Ich habe also gewartet, bis der Tee eingeschenkt war, bevor ich gefragt habe.

»Was hast du am Anfang an deinen freien Tagen gemacht?«

Mireille hat einen Schluck Tee getrunken, um sich ein wenig Zeit zu lassen.

»Stell mir eine Kuchenliste auf.«

»Was?«

»Ja, zähl mir alle Kuchensorten auf, die dir einfallen.«

»Ähh ..., ich weiß nicht, also ... Schokoladen-Eclair, Windbeutel, Blätterteiggebäck ... ähh...«

»Apfeltasche, Rosinenkuchen, Crèmerolle, Kirschtorte, Marzipankuchen, Mokkatorte, Plum-Pudding, Sandkuchen, Saint-Honoré, Sahnewindbeutel, englischer Teekuchen, Apfeltörtchen, Aprikosen-, Pfirsich-, Erdbeertörtchen, Baiser – köstlich, so eine Baiser – Bavarois, Flan ...«

»Was ist denn mit dir los?« habe ich Mireille gefragt. »Ich frage dich, was du an deinen freien Tagen gemacht hast, und du kommst mir mit einer unglaublichen Kuchenliste?«

Mireille schien zu zögern. Sie hielt ihre Schale mit beiden Händen vor die Brust.

»Ich will dir eine Geschichte erzählen, Joseph. Eine Geschichte aus meinen ersten Tagen hier.«

Sie hat noch einen Schluck Tee getrunken.

»Wir hatten ein Kind aufgenommen, das etwa dreizehn gewesen sein muß. Es kam aus Buchenwald. Die Kinder, die aus Buchenwald kamen, wurden erst in Ecouis in der Normandie aufgenommen. Es waren Deportierte aus Polen, aber auch aus Rumänien und Ungarn, und sie sprachen kein Französisch. Viele waren in Auschwitz gewesen, und kurz bevor die sowjetischen Truppen das Lager befreiten, wurden die Deportierten evakuiert. Sie haben den Weg bis nach Buchenwald unter Bedingungen, die du dir vorstellen kannst, zu Fuß zurückgelegt. Ich glaube, sie sind nur sehr kurze Zeit in Ecouis geblieben. Etwa dreißig von ihnen sind in Fontenay-aux-Roses in einem Heim der

OSE* aufgenommen worden. Dieser Junge aber, Marcel, war hier in Andrésy gelandet. Ich habe mich gerade noch zurückgehalten, um nicht zu sagen, daß er wie ein wildes Tier war, aber genau das war er. Wie ein wildes Tier. Er hatte vor niemandem Angst. Die anderen Kinder hatten eine schreckliche Angst vor ihm. Er schlug sie mit dünnen Stöcken, die er sich selbst schnitt, und er schien nicht zu verstehen, warum ihm das verboten wurde. Klaute deren Nachtisch, wenn er Lust darauf verspürte. Im übrigen mußte er das nicht mal, denn die Kinder gaben ihn einfach her, solche Angst hatten sie. Er redete nicht mit ihnen. Er gab Befehle. Ausschließlich auf polnisch. Merkwürdigerweise nicht auf deutsch, obwohl diese Befehle gebrüllt wurden, obwohl er fließend deutsch sprach, genauso wie Jiddisch. Da ich die einzige Betreuerin war, die ebenfalls fließend Jiddisch sprach, hat man mir, als ich hier ankam, gesagt: ›Deine Aufgabe ist Marcel.‹ Und sie haben mir alles über ihn erzählt, was sie wußten.

Ich hatte gerade einen Erzieherinnenlehrgang bei der OSE hinter mir, bei dem man uns ein kleines Buch von einem großartigen Pädagogen gegeben hatte, von Fernand Deligny. Es heißt *Graine de crapule*** und war mein Lieblingsbuch. Da ich den Kopf noch voller Theorien hatte, die ich schnellstmöglich anwenden wollte, ist mir im Zusammenhang mit Marcel dieses Buch wieder eingefallen, in dem die Ratschläge für Erzieher in Gleichnisse gefaßt sind. Eines davon schien mir auf die Situation zu passen: ›Hast du gesehen, mit welchem Geschick und welcher Lebhaftigkeit

* *Œuvre de secours aux enfants et de protection de la santé des populations juives*, ein »Hilfswerk für Kinder und den Gesundheitsschutz der jüdischen Bevölkerung«. Das Hilfswerk war 1912 in Rußland gegründet worden, der französische Zweig 1935.

** Dt. etwa: *Gesindelbrut.*

der, den du als teilnahmslos und verschlafen bezeichnest, fähig ist, einen Kuchen in einer Bäckerei voller Kunden zu klauen? Er lebt. Nichts ist verloren.‹ Ja, ich weiß, einfach so hingesagt läßt einen das nur lächeln. Zu allem Überfluß weigerte sich Marcel zu duschen. Sein Kontakt mit Wasser beschränkte sich praktisch darauf, sich reichlich die Haare naß zu machen, um sich zu kämmen. Nun, ich weiß nicht warum, vielleicht, weil ich sofort jiddisch mit ihm gesprochen habe, jedenfalls hat er eingewilligt, unter die Dusche zu gehen – nach einigem Widerstand natürlich, aber immerhin. Also habe ich seine Waschsachen zurechtgelegt, während ich darauf wartete, daß die Dusche frei würde, und er ist mir gefolgt. Und da hat er sich – vielleicht weil er fand, daß er ein bißchen zu schnell nachgegeben hatte – vor mir aufgebaut und mir entgegengeschleudert: ›In Auschwitz war ich frei. Da durfte ich die Hunde auf die Juden hetzen.‹

Ich muß sagen, daß ich mir den Satz ›Er lebt. Nichts ist verloren‹ einige Male vorsagen mußte. Und immer weniger daran geglaubt habe. Deshalb habe ich Marcel gefragt, als er anfing, sich auszuziehen, ob es ihm nicht lieber wäre, ein Betreuer würde meinen Platz einnehmen, in der Hoffnung, er würde zustimmen, aber er hat geantwortet, das sei ihm egal. Und dann habe ich seinen linken Arm gesehen. Er war schrecklich verstümmelt. Wie zerrissen. Das hatte man vergessen, mir zu sagen. Also habe ich trotz seines schrecklichen Satzes angefangen, ihm die Haare einzuschäumen. Und dann den Rücken und die Schultern. Dann habe ich ihm den eingeseiften Waschlappen gegeben, damit er weitermacht.

Das hat er getan. Ruhig, fast gewissenhaft, bevor er sich lange abduschte, ohne ein Wort zu sagen. Als ich ihm ein großes Frottierhandtuch um den Rücken gelegt habe, damit er sich abtrocknete, hat er sich neben mich gesetzt, als würde mein Blick ihn genieren bei dem, was er erzählen wollte. Und er hat angefangen.

Er war mit seinen Eltern im Warschauer Getto gewesen. Jeden Tag irrte sein Vater durch das Getto, um etwas Eßbares für die Familie zu finden. Eines Tages kam er nicht nach Hause. Also brachen Marcel und seine Mutter auf, um ihn zu suchen. Tote lagen in den Straßen. Als Marcel über eine Leiche stieg, sah er, daß der Mann, über den er stieg, sein Vater war. Merkwürdigerweise war das erste, was er bemerkte, daß sein Vater barfuß war. In diesem Moment wird er begriffen haben, daß er auch bei den Toten was finden würde, um am Leben zu bleiben. Also hat er von da an jeden Morgen mit anderen Kindern des Gettos den Toten die Schuhe abgenommen, die er manchmal gegen etwas zu essen tauschen konnte. Dann wurden er und seine Mutter eines Tages deportiert. Gleich bei ihrer Ankunft in Auschwitz wurden sie getrennt. Von da an, glaubt er sich zu erinnern, ist alles sehr schnell gegangen; er weiß nicht warum, jedenfalls befand er sich in einer Gruppe von Männern, die erschossen werden sollten. Schon bei der ersten Maschinenpistolensalve fällt er mit den anderen. Sie gelten als tot, niemand kümmert sich mehr um sie. Er ist schwer am Arm verletzt, aber er rührt sich nicht. Er ist elf Jahre alt und weiß bereits, daß er sich nicht rühren darf. Als die Lagerhäftlinge, die die Leichen zum Verbrennen in die Grube werfen sollen, ihn entdecken, sagen sie ihm, er solle sich weiter tot stellen, sie kämen ihn holen, sobald es Nacht sei. Das haben sie auch getan. Dann haben sie ihn in einem dafür angelegten Loch versteckt. Sobald es möglich war, fesselten sie ihn mit Hilfe eines Häftlings, einem ehemaligen Arzt, und knebelten ihn, um die Kugeln herauszuholen, denn die Operation erfolgte natürlich ohne Betäubung.

Dann ist er mehr schlecht als recht versorgt worden, und da es ihn ja vermeintlich nicht gab, wurde er von den Rationen der anderen ernährt. Und wie durch ein Wunder hat er überlebt. Dann ist es Lagerhäftlingen gelungen, ihn in eine Bürstenfabrik einzuschleusen, in der nur Kinder arbeiteten. Dort ist er einem deutschen Offizier aufgefallen. Denn Marcel war erstaunlich schön. Trotz der Härte seines Blicks hatte er etwas Feminines bewahrt. Seine Schönheit war fast befremdlich, aber vielleicht ist das Befremdliche erst danach gekommen. Ich weiß es nicht. Sehr schnell mußte er nicht mehr arbeiten und hatte ausreichend zu essen.

Ist er der Liebste dieses Offiziers geworden? Hat er ihn an ein in Deutschland zurückgelassenes Kind erinnert? Natürlich habe ich ihm diese Frage nicht gestellt. Von nun an begann er, das Verhalten seines Beschützers nachzuahmen, und ich glaube nicht, daß er prahlte oder Geschichten erfand, wenn er erzählte, wie er die anderen nach und nach mißhandelt hatte. Vielleicht hatte er das Gefühl, besser geschützt zu sein, wenn er sich auf die Seite der damaligen Sieger begab. Ich glaube inzwischen, daß die Distanz, die er gegenüber den anderen Kindern hier in Andrésy hielt, darauf zurückzuführen ist, daß er beschlossen hatte, nie mehr auf der Seite der Opfer zu stehen.

Wir haben lange mit Joseph darüber gesprochen, dem anderen Joseph, der 1946 hier Betreuer war, und auch mit Louba, der damaligen Direktorin. Louba war übrigens die einzige, vor der Marcel ein wenig Respekt hatte. Was ihn nicht daran hinderte – das haben wir erst erfahren, nachdem er weg war –, den Kindern abends im Schlafsaal von all den Grausamkeiten zu erzählen, deren er fähig gewesen war. Als er mit den anderen nach Buchenwald geführt und Buchenwald dann ebenfalls befreit wurde, kam er nach vielen Umwegen schließlich hierher. Er ist seinen Weg durch die Toten gegangen und dabei von Hand zu Hand gegeben worden.«

»Was ist aus Marcel geworden?«

»In Wirklichkeit hieß er gar nicht Marcel. Das war der Vorname, den er sich ausgesucht hatte. Er hieß Marek. Aber er bekam schreckliche Wutanfälle, wenn man ihn versehentlich bei seinem polnischen Vornamen nannte. ›Ich heiße nicht Marek‹, schrie er dann, ›ich heiße Marcel!‹ Und das auf französisch. Ich kann dir versichern, daß nicht ein einziges Kind es gewagt hat, ihn Marek zu nennen. Dabei waren unter ihnen ein paar, mit denen verglichen die Kinder an deinem Tisch wahre Engel sind; sie kletterten nachts auf das Dach und riskierten, sich den Hals zu brechen, verwüsteten die Bibliothek, vergnügten sich damit, Rekorde im Scheibeneinwerfen aufzustellen, und machten jede Zugfahrt zu einer wahren Tortur. Sie stiegen ohne Fahrkarte ein, weil sie der Ansicht waren, daß sie nicht bezahlen müßten. Einer hat dem Kontrolleur einmal gesagt, daß es eine Zeit gegeben habe, wo die SNCF weniger kleinlich mit den Juden gewesen sei, daß sie sie umsonst transportiert habe und zwar für eine weit längere Reise als die Fahrt Andrésy-Paris. Ja, auch das habe ich mitangehört. Und doch zitterten sie vor Marcel. Sie wußten, daß er zum Schlimmsten fähig war. Und nun stell dir vor, daß Marcel wieder zu Marek geworden ist.«

»Wie das?«

»Es gab ein weiteres Wunder: Auch seine Mutter hat überlebt, und sonderbarerweise lag ihr sehr daran, in Polen zu bleiben, als Auschwitz befreit wurde. Vielleicht, um eine größere Chance zu haben, ihr Kind wiederzufinden. Vielleicht war sie Kommunistin? Ich weiß es nicht. Sie hat fast zwei Jahre gebraucht, bis sie seine Spur fand. Man kann sich vorstellen, mit welcher Hartnäckigkeit. Und er, der ein für allemal beschlossen hatte, Marcel zu sein, hat keinen einzigen Augenblick gezögert. Er ist nach Polen zu seiner Mutter zurückgekehrt. Ich habe viel darüber nachgedacht und bin zu der Überzeugung gekommen, daß er mit seiner Rückkehr etwas wiederfinden wollte, was es früher gegeben hatte, etwas, was er erlebt hatte, bevor der ganze Rest passiert ist.«

Während der gesamten Geschichte hatte Mireille ihre Schale fest umklammert.

»Dein Tee ist kalt. Magst du einen neuen?«

Mireille hat den Blick gehoben und mich angesehen. Ich habe neues Wasser aufgesetzt, und weil ich mich Tränen gegenüber oft so hilflos fühle, habe ich neben dem Herd gewartet, bis das Wasser sprudelte.

Mireille mochte den Tee kochendheiß. Und als sie ihn in kleinen Schlucken trank, nachdem sie ein Stück Zucker in den Mund genommen hatte, saß sie da wie jene Kinder, die morgens fast schweigend ihren Kakao trinken, bevor sie in die Schule gehen. Jene Kinder, um die sie sich seit bald sechs Jahren kümmerte.

»Weißt du«, nahm Mireille den Faden wieder auf, »während Marcel sich wieder anzog, habe ich den Schrubber genommen, um das Wasser aus der Dusche zu schrubben. Da hat er mir den Schrubber aus der Hand genommen, um die Arbeit zu beenden. Ich war so naiv zu glauben, daß von nun an alles besser mit ihm gehen würde. Ich habe mich getäuscht. Am nächsten Tag war mein Bett umgeworfen. Aber ich habe nichts gesagt. Ganz sicher hat er seinen Gang unter die Dusche als Schwäche erlebt. In der Zeit danach hat er mich manchmal, wenn wir allein waren, ganz leicht angelächelt, ganz flüchtig, und mich im Glauben gelassen, daß ich ihn für mich eingenommen hätte. Ich habe mich wieder getäuscht. Die Verletzung ging zu tief, und seine Wunden waren nur scheinbar vernarbt. Seine Wutanfälle und Gemeinheiten gingen weiter, als ginge er richtig darin auf, als hätte er an der Rohheit seiner Peiniger Geschmack gefunden. Siehst du, damals habe ich nicht geweint. Jetzt weine ich über das Gefühl, daß ich damals hatte. Er war ein dreizehnjähriges Kind, das die Lager Auschwitz und Buchenwald überlebt hatte, und ich habe ihn manchmal gehaßt.«

»Hat man nach seiner Rückkehr nach Polen etwas von ihm gehört?«

»Nein. Er hat sich nicht gemeldet, und wir haben auch nicht versucht, etwas zu erfahren. Seine Mutter hatte ihn wiedergefunden, und das genügte uns... Jetzt will ich dir sagen, was ich an meinem ersten freien Tag gemacht habe. Ich habe den Zug zur Gare Saint-Lazare genommen. Dann die Metro zur Place de la Concorde, und da bin ich in einen Salon de Thé in der Rue de Rivoli gegangen, der mir vor dem Krieg, als Kind schon, aufgefallen war. Und dort habe ich drei Stunden lang Kuchen gegessen. Meinen ganzen Lohn habe ich dort gelassen. Dann bin ich wieder hergekommen, bin ins Bett gegangen und habe sechzehn Stunden ohne Unterbrechung geschlafen. Das habe ich monatelang gemacht, weil ich jede Woche wieder bei Null angefangen habe. Nur die Patisserie habe ich manchmal gewechselt, wegen der Blicke.«

»Wenn ich das gewußt hätte, hätte ich dir Käsekuchen mitgebracht. Meine Mutter macht sehr guten.«

»Solche Kuchen mag ich nicht«, hat Mireille geantwortet. »Ich mag nur die Kuchen, die es zu Hause nicht gibt.«

Es herrschte ein kurzes Schweigen, das Mireille zu deuten versuchte.

»Bist du müde?«

»Nein, es geht, ich habe heute morgen lange geschlafen. Aber sagst du das, weil du schlafen gehen möchtest?«

»Nein, ich hab den toten Punkt überwunden, jetzt geht's bei mir auch wieder. Und außerdem bin ich morgen an der Reihe mit Ausruhen.«

»Ist das dein Kuchentag?«

Mireille lächelte dieses Lächeln, das ich schon von damals, 1946 in Croix-Saint-Ouen, kannte, als sie meine Betreuerin war.

»Nein, ich bin zwar immer noch eine Naschkatze, aber mit den Kuchenbergen ist es vorbei. Jetzt wache ich an meinen freien Tagen aus Gewohnheit auch immer sehr früh auf, aber nachdem ich ein oder zwei Stunden gelesen habe, schlafe ich wieder ein. Und dieser Schlaf ist dann wirklich herrlich, weil es ein genüßlicher Schlaf ist.«

»Gut, also nur noch eine Frage, dann machen wir Schluß. Warum sind viele Betreuer nur so kurz hier geblieben? Anscheinend gab es welche, die nicht mal ihre Koffer ausgepackt haben. Man weiß doch, wenn man hierher kommt, daß das keine Ferienkolonie ist.«

»Frag lieber, warum ich so lange geblieben bin«, hat Mireille geantwortet und das Wort ›Ich‹ betont. »Das ist die richtige Frage.«

»Bei dir kann ich es mir fast denken, aber wenn es dir recht ist, bleibe ich bei der falschen Frage. Waren die, die bald wieder gegangen sind, keine guten Betreuer?«

»Das hat nichts miteinander zu tun. Du weißt, Joseph, daß die Kinder alles tun, um herauszufinden, ob ein Betreuer es verdient zu bleiben. Bei dir ist es etwas anderes. Viele kennen dich schon. Nein, es hat gute Betreuer gegeben, die bald gegangen sind, es hat weniger gute gegeben, die länger geblieben sind. Die Dauer hat damit nichts zu tun. Es gab sogar einen guten, der entlassen wurde.«

»Hier? Er ist hier entlassen worden? Was hat er denn gemacht?«

»Er hat ... Er war ein bißchen zu liebevoll zu den Mädchen.«

»Zu liebevoll? Wie, zu liebevoll?«

»Ja, zu liebevoll. Es war nicht schlimm, hat aber gereicht, um die Mädchen zu ärgern.«

»Willst du es mir nicht sagen?«

»Doch, doch. Aber weißt du, im Grunde war nicht viel. Er hat sie einfach nur abends, wenn sie ins Bett gingen, auf die Wangen geküßt, was alles in allem ganz natürlich war. Und dann kam hin und wieder ein rascher Kuß auf den Hals dazu. Manchmal streifte er dann noch ihren Mund, aber da das nach und nach kam und wie zufällig, wußten die Mädchen nicht recht, wie sie reagieren sollten.«

»Aber haben sie untereinander nicht darüber gesprochen?« fragte ich erstaunt.

»Nein, eben nicht, weil er das Licht ausmachte und ihnen im Dunkeln gute Nacht wünschte. So mußte jedes Mädchen annehmen, sie sei die einzige, die in den Genuß von Alexandres Küssen kam, wenn man so sagen kann.«

»Alexandre?«

»Ja, Alexandre. Hat man dir von ihm erzählt?« hat mich Mireille etwas besorgt gefragt.

»Nein, nein. Ich habe einfach nur so Alexandre gesagt. Und weiter?«

»Eine von ihnen, die wahrscheinlich zu verschreckt war, hat eines Tages mit den anderen geredet – ich glaube aber, daß sie einige Zeit gebraucht haben, bis sie begriffen. Ich habe dir ja gesagt, daß sie, solange jede dachte, sie sei die Einzige, die besonderen Gutenachtküsse von Alexandre als eine Art Privileg empfinden konnten, aber nun war das plötzlich vorbei, und sie haben den Augenblick des Schlafengehens gefürchtet. Bis zu dem Abend, an dem eines der Mädchen die seltsame Idee hatte, die Dunkelheit zu nutzen und ihm anstatt wie jeden Abend ihr Gesicht ihren Hintern zu zeigen.«

»Nackt?«

»Wieso nackt?« fragte Mireille verwundert. »Was für eine Idee! Nein, ich glaube nicht. Aber weißt du, Joseph, meiner Meinung nach hat Alexandre selbst mit Schlafanzug sofort den Unterschied bemerkt.«

»Und was hat er gesagt?«

»Na ja, anscheinend hat er türeknallend das Zimmer verlassen, so beleidigt war er.«

»Wer war das Mädchen? Was für ein Humor, stell dir mal vor...«

Mireille, die einen Augenblick ernst gewesen war, lächelte wieder.

»Ich habe es nie erfahren. Sie haben es nie verraten wollen.«

»Das Mädchen ist toll. Ich wüßte gerne, wer es ist.«

»Komm bloß nicht auf die Idee, es herausfinden zu wollen, du dürftest von der Geschichte eigentlich gar nichts wissen.«

»Nein, nein, keine Sorge. Ich bin natürlich ein bißchen neugierig, aber vor allem voller Bewunderung.«

Ich habe mir, vielleicht wegen der komischen Wendung, die diese Geschichte genommen hatte, ein Käsebrot geschmiert.

»Magst du was?«

»Nein, danke. Aber weißt du«, fuhr Mireille fort, »abgesehen davon war Alexandre wirklich ein guter Betreuer. Er hatte tausend Ideen, und die Abende, die er organisierte, waren immer ein Riesenerfolg.«

»Wie ist die Geschichte eigentlich rausgekommen?«

»Er selbst hat mir davon erzählt. Du kannst dir das Gelächter im Mädchenzimmer an diesem denkwürdigen

Abend vorstellen. Ich dachte natürlich, Alexandre sei bei dem Gelächter dabei. Als ich sein Gesicht am nächsten Morgen beim Frühstück sah, habe ich deshalb auch nichts verstanden. Aber da auch die Mädchen ungewöhnlich schweigsam waren, habe ich mir gesagt, irgend etwas stimmt da nicht. Er hat es mir dann erzählt, sobald sie in der Schule waren, und ich habe gedacht, daß es auch besser so ist, daß er selbst mir davon erzählt.«

»Die Geschichte mit dem Hintern?«

»Nein«, hat Mireille lachend geantwortet. »Das habe ich von den Mädchen und auch erst nach seinem Weggang erfahren, eines Abends, als ich hoch bin, um ihnen gute Nacht zu wünschen. Sie waren guter Laune und haben sogar darüber gelacht, und ich war froh, daß Alexandres Küsse keine anderen Spuren hinterlassen hatten. Ich war allerdings sprachlos, als Alexandre mir das alles erzählte. Ich habe ihm dann gesagt, er könne nicht dableiben, und er hat sehr gut verstanden. Er schien sogar erleichtert. Es war kurz vor den Ferien, paßte also ganz gut. Und da ich als einzige davon wußte, hat niemand, glaube ich, wirklich den Zusammenhang zwischen den abendlichen Küssen und seinem Weggang gesehen. Es war also keine richtige Entlassung.«

»Was ist aus ihm geworden?«

»Ich weiß es nicht. Auch in diesem Fall habe ich mich nicht darum bemüht, etwas zu erfahren. Sicherlich zu Unrecht, weil Alexandre es nicht wagen wird, sich von sich aus zu melden. Weißt du, er ist auf sehr diskrete Weise gegangen, und sein Weggang tat mir leid. Auch seine Eltern sind von der Deportation nicht zurückgekehrt. Er hat sich hier sicher wohlgefühlt... Vielleicht waren die Küsse, die er verteilte, ein bißchen die Küsse, die er gerne bekommen hätte...«

Mireille, die mehr mit sich selbst zu sprechen schien und zwischen jedem Satz eine Pause machte, lächelte bei ihrer Erklärung, wie um anzudeuten, daß sie sie ein bißchen vorschnell und vielleicht auch gewagt fand, daß Alexandre diese Entschuldigungen aber wirklich brauche.

»Letzten Endes habe ich noch immer großen Appetit auf Kuchen«, hat sie in die drohende Stille gesagt. »Ich glaube, ich wäre in der Lage, für ein leckeres Baiser kilometerweit zu gehen.«

6

Von Mireilles Büro aus habe ich gesehen, wie der blaue 4 CV auf dem Hauptweg des Parks anhielt.

Ein Mann und ein etwa zehnjähriges Kind stiegen aus. Mit einer knappen Geste rückte der Mann seinen Hut gerade, als sollte diese Geste eine gewisse Ungeduld ausgleichen, dann sah er sich, wie es schien, mit einer gewissen Verwunderung um. Das Kind war nach kurzem Zögern mit hängenden Armen ein paar unentschlossene Schritte in die dem Schloß entgegengesetzte Richtung gegangen. Die Stimme des Erwachsenen brachte es zurück zum Auto. Von meinem Standort aus verstand ich nicht, was er sagte, aber ich sah, wie das Kind einen Koffer aus der hinteren Wagentür zog.

In dem Augenblick griff Masltów ein. Ich wollte jetzt auch eingreifen, aber die Freudensprünge des Hundes und das plötzlich strahlende Gesicht des Kindes haben mich beruhigt: Es war klar, daß Hund und Kind sich kannten.

Als sie alle drei im Büro waren, schien sich nur Masltów, der neben dem Koffer lag, völlig wohlzufühlen.

»Ist Mademoiselle Mireille nicht da?« hat mich der Mann gefragt, der seinen Hut aufbehielt, als ob er gleich wieder gehen wollte.

»Sie ist in Paris, heute ist ihr freier Tag. Worum geht es?«

Während ich das sagte, konnte ich nicht umhin, das Kind und seinen Koffer anzusehen.

»Und Monsieur Willi?«

»Er ist ebenfalls in Paris. Er macht Besorgungen. Wollen Sie sich nicht setzen?«

»Ich bringe André zurück, ich kann ihn nicht behalten«, hat der Mann hastig gesagt, während er stehenblieb.

Ich habe André gefragt, ob er nicht mit Masltów spielen gehen wolle. Aber erst nach einem kurzem Zögern, weil mir der Gedanke, in seiner Abwesenheit über ihn zu sprechen, nicht besonders gefiel.

»Nimm deinen Koffer«, hat der Mann zu André gesagt, der bereits wortlos einen Schritt in Richtung Tür machte.

Das erschien mir verfrüht, aber dazu war André hergekommen. Erst als wir André die Treppe hinaufgehen hörten, hat Monsieur Kliger seinen Hut abgenommen und eingewilligt, sich zu setzen.

Da ich merkte, daß er beruhigt werden mußte, habe ich mich vorgestellt.

»Ich heiße Joseph.«

»Ich bin Monsieur Kliger. Ich bin Andrés Onkel, der Bruder seiner Mutter. Ich bringe André zurück, weil wir ihn nicht mehr behalten können«, hat Monsieur Kliger gesagt und fing nochmal von vorne an.

»Haben Sie Schwierigkeiten mit ihm gehabt?« habe ich gefragt. Denn da er ein Auto hatte, sagte ich mir, daß die Probleme sicherlich nicht finanzieller Art waren.

»André hat in meinen Wagen geschissen.«

»Wie bitte?«

»Was, ›wie bitte‹? Ich sage Ihnen, daß er in meinen Wagen geschissen hat.«

Und Monsieur Kliger hat mir erzählt, daß er, seine Frau und André am Sonntag zuvor einen Ausflug aufs Land gemacht hätten, daß André bei der Ankunft nicht habe aussteigen wollen, ohne dafür irgendeine Erklärung abzugeben, daß er und seine Frau dann spazierengegangen seien und bei ihrer Rückkehr schnell verstanden hätten, was geschehen war, derart habe es gestunken.

»Wir haben das Auto, so gut es ging, saubergemacht und waren gezwungen, mit vier offenen Fenstern zurück nach Paris zu fahren. Mitten im Februar!«

»André war vielleicht im Auto eingeschlossen und mußte so dringend, daß er sich nicht länger beherrschen konnte.«

»Was erzählen Sie mir da? Ich sagte Ihnen doch, daß er nicht aussteigen wollte, um mit uns spazierenzugehen. Und wenn er mußte, hätte er es sagen können. Mit zehn Jahren kann man fragen. Man braucht nicht mal fragen: Man muß, also macht man. Nur daß er ins Auto gemacht hat. Wie ein *grober Jing.** Wenn er wenigstens alles in seiner Hose behalten hätte, aber er hat es überall hingeschmiert.«

»Überall? Wie, überall?«

»Überall heißt überall. Auf die Vordersitze, auf die Rücksitze, auf die Rückenlehnen, sogar auf das Lenkrad. Können Sie sich das vorstellen? Auf das Lenkrad! Sagen Sie mir mal, wie man ein Auto mit Scheiße auf dem Lenkrad fahren kann.«

»Haben Sie ihn nach einer Erklärung gefragt?«

»Was für eine Erklärung? Wie kann man sowas erklären? Was haben wir ihm denn getan? Als ich meiner Frau gesagt habe, es wäre gut, André ins Haus zu nehmen, hatte sie Tränen in den Augen, als wäre er der Sohn ihrer eigenen Schwester. Seitdem er da war, haben wir alles für ihn getan. Wir haben ihm neue Anziehsachen gekauft. Wir haben sogar ein paar Tage damit gewartet, ihn in die Schule zu schicken. Wir hatten ihn bereits eingeschrieben, wie Mademoiselle Mireille es uns geraten hatte, und der Schuldirektor, dem ich alles erklärt hatte, hat mir gesagt: ›Machen Sie sich keine Sorgen, Monsieur Kliger, wir kümmern uns be-

* Ein Flegel.

sonders um ihn.‹ Was werd ich dem Direktor jetzt sagen? Er wird mich für verrückt halten.«

»Hat sich André über etwas beschwert, Monsieur Kliger?«

»Worüber hätte er sich denn beschweren können? Er hat alles bekommen, was er wollte. Nur wollte er jeden Tag noch mehr. Schon bei Tisch fragte er immer nach dem, was meine Frau gerade nicht gekocht hatte.«

»Dabei essen die Kinder hier so ziemlich alles.«

»Hier vielleicht, ja, aber nicht bei mir«, hat Monsieur Kliger gesagt. »Und wenn Sie wüßten, wie meine Frau kocht...«

»Ja, davon bin ich überzeugt«, habe ich gesagt, um ihm eine Freude zu machen.

»Verstehen Sie, meine Frau ist nicht seine richtige Tante. Wie ich Ihnen gesagt habe, ist André nur der Sohn meiner Schwester. Ich kann meine Frau nicht zwingen, alles zu ertragen. Da habe ich plötzlich Angst bekommen, daß sie von mir fordert, mich zwischen ihm und ihr zu entscheiden, weil es so nicht weitergehen kann. Also habe ich mich entschieden, bevor ich Ärger kriege, und es vorgezogen, André wieder hierher zu bringen.«

Ich wußte nicht so recht, was ich sagen sollte, und zugleich begriff ich, daß Monsieur Kliger sich rechtfertigen mußte.

»Und wir hatten doch beschlossen, keinen Unterschied zu machen.«

»Sie haben noch andere Kinder?« habe ich überrascht gefragt.

»Nein, ich wollte nur sagen, daß wir alles so gemacht haben, als ob André unser eigenes Kind gewesen wäre. Denn nicht einmal bei den eigenen Eltern hätte ein Kind so etwas getan.«

»Ja, das glaube ich auch.«

Das war mir so rausgerutscht.

»Sehen Sie, ich habe recht«, hat Monsieur Kliger erwidert, der meine Bemerkung mißverstanden hatte. »Wir wollten ihm eine Familie bieten, und er hat nicht einmal Gefallen am Familienleben finden wollen.«

»Er weiß nicht, was das ist. Lassen Sie ihm Zeit, es zu lernen.«

»Ganz richtig, und wenn er es gelernt hat, habe ich graue Haare. Nein, das wird er später lernen. Er wird es lernen, wenn er seine eigene Familie gründet, aber nicht mehr bei mir. Dann wird er sehen, was das ist.«

»Sie helfen ihm nicht sehr.«

»Hören Sie, junger Mann«, (dieses ›junger Mann‹ hatte ich schon seit einer ganzen Weile erwartet), »sagen Sie mir nicht, was ich zu tun habe. Ich weiß sehr gut, daß André nicht darum gebeten hat, zu uns zu kommen, aber er hat auch nicht nein gesagt. Ich habe es mit ihm versucht, und es hat nicht funktioniert. Wie Sie ihm helfen, weiß ich nicht, aber eins kann ich Ihnen versichern: So hätte meine Schwester André nicht erzogen. Denn was haben Sie ihm denn beigebracht? Feste zu feiern? Lieder zu singen? So ist das Leben nicht. Das Leben besteht nicht aus Festen und Liedern. So sieht's doch aus: André kommt in eine Familie, streckt die Füße unter den Tisch, man stellt ihm ein Bett ins Wohnzimmer, nimmt ihn mit aufs Land, und er spielt den Schwierigen.«

»Ja, so ist es, Monsieur Kliger. Da André das nicht gewohnt war, hat er darauf geschissen.«

»Ganz genau! Er hat darauf geschissen, und jetzt wollen Sie, daß ich mich dafür bedanke?«

»Nein, nein. Sie bringen ihn zurück, und das ist, glaube ich, das einzige, was Sie tun können.«

»Richtig. Eine gute Schlußfolgerung.«

Ich hielt die Diskussion verständlicherweise schon für beendet, als Monsieur Kliger mich gefragt hat, ob wir Toiletten hätten.

»Toiletten? Natürlich haben wir hier Toiletten. Warum?«

»Warum? Was meinen Sie, wozu Toiletten da sind?«

Jetzt war ich mit dem Mißverständnis an der Reihe. Ich war so auf Verteidigung aus, daß ich geglaubt hatte, seine Frage hinge mit André zusammen.

Als er zurückkam, habe ich ihn gefragt, ob er seinem Neffen nicht auf Wiedersehen sagen wolle.

»Auf Wiedersehen? Glauben Sie?«

»Das müssen Sie wissen.«

»Ich weiß nicht. Aber ich glaube, es ist besser für mich, einfach so zu fahren.«

Ich habe Monsieur Kliger nicht zu seinem Auto begleitet, und er hat das Parktor nicht hinter sich geschlossen.

André saß auf dem Bett, das lange Zeit seines gewesen war. Er hatte nur den Mantel abgelegt, und sein Koffer war noch immer geschlossen. Masltów lag in seiner Lieblingshaltung neben ihm: den Kopf zwischen den Vorderpfoten auf dem Boden ausgestreckt.

»Gut, da du, wenn ich recht verstanden habe, noch ein Weilchen hier bleiben wirst, glaube ich, daß wir uns vorstellen können. Ich heiße Joseph.«

»Du bist nicht Joseph.«

»Ja, ich weiß, es hat einen anderen Joseph gegeben. Aber das bedeutet ja nicht, daß es keinen zweiten Joseph geben kann.«

Aber ich habe das als Warnung genommen. Ich mußte also vorsichtig mit meinen Fragen sein. So vorsichtig, daß ich ihm schließlich keine stellte.

»Was ist los?« hat André gefragt, als ich schwieg. »Findest du mich pathetisch?«

»Pathetisch? Wo hast du denn das Wort her?«

»Worte kenn ich ganz viele.«

»Ja, davon bin ich überzeugt. Gut, bevor du mir die jetzt alle aufzählst, machst du deinen Koffer auf, wo du schon hier sitzt, und richtest dich ein.«

Trotz des Mißtrauens von André, der einen Teil seiner Tatkraft wiederzufinden schien, hatte ich ein gutes Gefühl, und da es nicht in Frage kam dabeizusein, wenn er einräumte, habe ich beschlossen, den Nachmittagsimbiß der anderen vorzubereiten, die gleich kommen würden.

»Mireille wird überrascht sein, wenn sie dich sieht, aber ich glaube, vor allem freut sie sich.«

Beim Hinausgehen habe ich die Zimmertür offengelassen, und Masltów ist mir gefolgt. Aber vielleicht nur, weil er was von Imbiß gehört hatte.

Die Jüngeren waren gerade zu Bett gegangen, als Mireille zurückgekommen ist, und nachdem sie von Andrés Rückkehr erfahren hat, ist sie sofort hoch gegangen, um ihn zu begrüßen. Und vor lauter Wiedersehensfreude hatten sie es beide nicht eilig, über die Geschichte mit dem 4 CV zu reden. Ich weiß nicht, wie André es den anderen erzählt hat, auch nicht, ob er es überhaupt getan hat, und das Gelächter, das in mein Zimmer drang, als seine Kameraden, die gerade von seiner Rückkehr erfahren hatten, ins Treppenhaus stürzten, um ihn zu sehen, war auch kein Anhaltspunkt. Ich weiß nur, daß wir abends bei der Besprechung darüber geredet haben, daß wir versucht haben, ihn zu verstehen und seine Handlungsweise zu erklären. So oder so waren wir prinzipiell auf seiten der Kinder. Was nichts daran änderte, daß unsere Erklärungen objektiv sein wollten.

Wir waren nicht im Besitz der Wahrheit, was uns aber nicht daran hinderte, diese unglaubliche Tat konsequent zu finden. Sie als eine Art natürliche Forderung zu interpretieren. Wir dachten uns, daß es für André nicht in Frage gekommen war, bei seinem Onkel mit Dankbarkeitsbekundungen anzukommen. Er hatte sich keinen Wohltäter erhofft. Wohltätern war er trotz seiner zehn Jahre einigen begegnet. Er war in eine Familie gekommen und hatte wissen wollen, was das ist. Er hieß nicht Kliger wie sein Onkel, aber Monsieur Kliger war der Bruder seiner Mutter. Also mußte dieser Onkel ihn lieben. Aber bis zu welchem Grad? Wie weit konnte diese Liebe gehen? Was genau bedeutet Familienliebe? Wie weiß man, daß man wirklich geliebt wird?

All diese Fragen waren in seinem Inneren verschlossen. Es waren sein Onkel und seine Tante, und er wußte nicht, welche Rolle sie in seiner Geschichte spielten. Sie waren eines Tages in seinem Leben aufgetaucht, und er hätte es gern gehabt, daß sie da waren, bei ihm, was immer geschah. Und da sie beschlossen hatten, ihm eine Familie zu sein, warum waren sie dann so entsetzt?

Am Ende des Abends war die unvorhersehbare, fast unwirkliche Tat von André zum natürlichen Akt eines Kindes geworden, das erfahren wollte, ob seine Familie sich neu bildete, und dafür war diese Handlung ausschlaggebend gewesen. Es war die Tat eines zehnjährigen Jungen, der gerne wie ein Kind, das sich brüstet, gesagt hätte: »Also, ich hab in das Auto meines Onkels geschissen, und er hat überhaupt nichts gesagt.«

Als er in dem Auto mit vier offenen Fenstern nach Paris zurückgefahren war, hatte André verstanden, daß am Ende des Weges erneut Andrésy lag.

Wegen eines Traumes, an den ich mich nur teilweise erinnere, kam, was André betraf, in derselben Nacht noch ein Gefühl hinzu, das mich hilflos machte.

Die erste Einzelheit dieses Traums, an die ich mich erinnerte, war das Versprechen eines kaum dreijährigen Kindes, das weinend sagte: »Ich will auch lieb sein.«

Als ich mich intensiv konzentrierte, tauchten nach und nach ein paar Erwachsene auf, wie stumme und unbewegliche Schatten, und noch ein Kind (sein Cousin?), das älter war und das ich fast sofort als Adolphe identifizierte, den Liebling von Miss Ross aus den Abenteuern der *Katzenjammer Kids*, dessen Erlebnisse ich vor dem Krieg in der Zeitschrift *Robinson* verfolgt hatte. Adolphe herrschte unter dem Schutz der Familie, den er zu genießen glaubte, über den Kleinsten und hörte nicht auf, ihn zu peinigen.

Der Kleine hatte das Gefühl, nicht bestraft, sondern gezüchtigt zu werden. Und da er unaufhörlich »gezüchtigt« wurde, so sicher deshalb, weil er böse war, weil er nicht das Kind war, das er hätte sein sollen.

»Ich will auch lieb sein.« Als ob dieses mehrfach wiederholte Versprechen ihn schützen könnte.

Es war sechs Uhr morgens. Ich saß auf meinem Bett, ich war allein, und es schien mir, als wäre ich der machtlose Zeuge eines Ereignisses gewesen, das ich bereits einmal erlebt hatte.

Erschütternd und unerträglich waren für mich im Grunde nicht die Tränen des dreijährigen Kindes, sondern das Gefühl dieses Kindes, seine Überzeugung, daß das Böse in ihm ist.

Und ich bedauerte, daß ich nicht erneut in meinen Traum eintauchen konnte, um es da herauszuholen.

Wenig später in der Küche, beim Kaffeekochen, sagte ich mir, daß es nur ein Traum war, aber daß es mit den Träumen eben so sei: Man wacht auf, und es bleibt etwas davon zurück.

Das Gesicht von André legte sich über das Bild des dreijährigen Kindes. Dieses Kind hatte ich fast für meine eigenen Zwecke erfunden. Wie um die Kluft besser zu verstehen, die jene, die wählen können, von denen trennt, die es nicht können. Letztere entscheiden nichts selbst. Man hatte für sie gewählt, und sie können sich nur noch dafür entscheiden, uns zu provozieren, damit man nicht immer über sie verfügt.

»Pathetisch.« Auch wenn das Wort nicht ganz paßte, so hatte er doch recht, der kleine Scheißer. Ich brannte jetzt darauf, ihn kennenzulernen.

7

Einem Kind, das ständig Fragen stellte, hat Willi die folgende Geschichte erzählt: »Während des Krieges war ich bei einem Bauern versteckt. Er hieß Brossard. Und wie alle Bauern redete er mit seinen Tieren. Vor allem, um sich Respekt zu verschaffen. Er hatte ein Huhn, das sich auf seine Schulter setzte, wenn er einen Brief bekam. Und da es den Brief gleichzeitig mit ihm las, hat er es zu Weihnachten gegessen.«

Wegen all dem, was man sich bei Willi vorstellen konnte, hatte ich den Eindruck, er kennt das Leben. Und ich mußte einfach immer darüber nachdenken, wie seines wohl verlaufen sein mochte. Aber die Geschichte von dem neugierigen Huhn kam im unpassenden Moment, weil Fragen dadurch auf einmal unmöglich wurden.

Ich machte einen Schritt nach dem anderen. Das war alles, was ich seit meiner Ankunft in Andrésy tun konnte. Nur einen Schritt nach dem anderen. Mit Mireille zu reden half mir bei dieser Fortbewegung. Mit Willi war es etwas anderes. Willi schien zerstreut, und doch war er allen gegenüber sehr aufmerksam. Ein Einzelgänger, aber niemals abseits.

Eigentlich erzählte Willi gerne Geschichten. Aber es durfte nur ein einziger Gesprächspartner sein. Als hätte er keine Dialoge führen dürfen.

»Hast du die Geschichte von dem Huhn, die du Emile neulich erzählt hast, erfunden?« habe ich Willi eines Abends gefragt.

»Nein, nein. Brossard, der Bauer selbst hat sie mir erzählt. Und er hat sogar hinzugefügt: ›Bei jedem wie's Brauch ist.‹ Warum? Willst du mich auch was fragen?«

Sein Lächeln half mir, die Präliminarien zu überspringen.

»Ich wollte wissen, wie und warum du in Andrésy gelandet bist.«

»Wie und warum? Das sind zwei Fragen auf einmal... Wie? Nun, ich hab's gemacht wie du: Ich habe den Zug an der Gare Saint-Lazare genommen. Was das Warum angeht... Nun, sagen wir, das war aus persönlichen Gründen, die ein bißchen kompliziert sind und die wir einstweilen beiseite lassen wollen, wenn es dir recht ist. Vielleicht erzähle ich dir das ein andermal.«

Er bewegte die Hände, als spiele er Akkordeon. Tatsächlich schützte ihn sein Akkordeon. Es ermöglichte ihm, schwierigen Situationen durchzuspielen, bevor er sich ihnen stellte.

Und da eine kurze Stille herrschte, die es zu füllen galt, hat er sich eine Zigarette angezündet.

»Ich habe vor ein paar Tagen ein Buch aus Deutschland bekommen: *Briefe an Milena*, von Franz Kafka.«

»Milena?« habe ich erstaunt gesagt und mich gefragt, warum Willi das Thema zu wechseln schien.

»Ja. Milena war die große Liebe von Kafka. Eine ziemlich hoffnungslose Liebe. Milena war Journalistin. Kafka lernte sie zunächst als Übersetzerin seiner Texte kennen. Ihre Beziehung war so eng, daß er ihr all seine privaten Tagebücher zu lesen gegeben hat. Aber keiner der beiden war frei. Er war bereits verlobt, und Milena war verheiratet. Kafka war lungenkrank und häufig im Sanatorium. Daher vielleicht die vielen Briefe. In einem davon sagt er, daß das Schreiben ihm gut tue, daß ihm danach ruhiger sei. Dann erzählt er ihr folgende Geschichte: Er liegt draußen im Freien auf einem Liegestuhl. Ein Schritt von ihm entfernt liegt ein Käfer auf dem Rücken, verzweifelt, unfähig, wieder auf die Beine zu kommen. Kafka hätte ihm mit einem kleinen Stoß helfen können, aber er tut es nicht. Er ist zu erschöpft, um aufzustehen, und hat nicht einmal den Mut zu schreiben. Da taucht eine Eidechse auf, und der Käfer, der ganz sicher kurz davor war zu sterben, denn er bewegte sich schon nicht mehr, liegt auf dem Weg der Eidechse. Und die Eidechse dreht den Käfer im Vorübergehen um und setzt ihren Weg fort, ohne sich weiter um ihn zu kümmern. Der Käfer seinerseits beginnt, an der Hausmauer hinaufzulaufen, als sei das das Natürlichste der Welt. Und dank dieses Lebens, das sich gerade einen Schritt von seinem Liegestuhl entfernt abspielt, findet Kafka seinen Mut wieder und schreibt: ›Stand auf, trank Milch und schrieb Ihnen.‹* Und er hat unterschrieben: ›Ihr Franz K.‹«

Es gab erneut eine Pause wie in einem richtigen Gespräch.

»Erinnerst du dich an die Freilassung von Xavier Vallat?«** hat Willi gefragt und sich mir zugewandt.

»Ja, ich erinnere mich. Wir haben sogar demonstriert. Aber...«

»Ja, ich weiß, das hat ihn nicht wieder ins Gefängnis gebracht, aber zumindest hat es geholfen, die öffentliche Meinung zu alarmieren. Bei mir kam noch dazu, daß ich das Datum seiner Freilassung nicht ertragen habe: der 30. Dezember 1949. Ein 30. Dezember! Das war keine Freilas-

* Deutsch im Original.

** Xavier Vallat: Unter der Vichy-Regierung vom 29. März 1941 bis zum 6. Mai 1942 Generalkommissar für Judenfragen. Am 10. Dezember 1947 zu zehn Jahren Gefängnis und zu lebenslangem Verlust der bürgerlichen Ehrenrechte verurteilt.

sung mehr, das war ein Geschenk: ›Ein gesundes neues Jahr, mein lieber Xavier, und alles Gute.‹«

»›Auch Ihnen ein gesundes neues Jahr, mein lieber René, und nochmals vielen Dank.‹ René war René Mayer, der Justizminister. Glaubst du, die beiden haben sich umarmt? Wenn ich ein Geschenk bekomme, dann umarme ich den anderen immer, um mich zu bedanken.«

»Diese Freilassung von Xavier Vallat war für mich das auslösende Moment«, fuhr Willi fort. »So wie der Käfer für Kafka. Das war das Ereignis, durch das mir bewußt wurde, daß ich etwas in meinem Leben ändern mußte. All das, was persönlich und kompliziert war und das anzugehen ich nicht den Mut hatte. Deshalb habe ich ein paar Bücher und mein Akkordeon genommen und bin hierhergekommen. Seitdem kümmere ich mich um den Einkauf und die Verwaltung. Inzwischen sind es schon etwas mehr als zwei Jahre.«

»Und Milena?«

»Milena?« hat Willi gefragt, als ob ihn meine Frage überraschte und belustigte. Als ob dieses »Milena« alles wegwischte, was »persönlich und kompliziert« war. »Milena?« hat er nach einer Weile wiederholt, »ist 1944 in Ravensbrück gestorben. Auf den Tag genau fast zwanzig Jahre nach Kafka. Milena war ein außergewöhnlicher Mensch. Kafka sagte über sie, sie habe die Eigenschaft, ›nicht unglücklich machen zu können.‹«

Danach haben wir geschwiegen. Und kurz darauf bin ich hoch ins Bett gegangen.

8

März 1952

Lieber Henri,

ich weiß nicht, ob Du Dich an den Friseur in der Rue des Cinq-Diamants erinnerst, bei dem wir uns die Haare schneiden ließen. Und ob Du Dich erinnerst, daß er uns eines Tages eine Scharade aufgab, als wir in seiner Straße ein Seifenkistenrennen veranstalteten – der einzigen Straße des Viertels, die abschüssig war und nicht gepflastert. Diese Scharade begann folgendermaßen:

»Das erste ist ein Krüppel ohne Beine, der in großer Eile die Rue des Martyrs runterrast.

Das zweite ist ein Krüppel ohne Beine, der in großer Eile die Rue des Martyrs runterrast.«

Und so weiter bis »Das sechste«, das ebenfalls ein Krüppel ohne Beine war, der in großer Eile die Rue des Martyrs runterrast. »Das Ganze ist ein köstliches Getränk.«

Und er hat uns raten lassen.

Natürlich haben wir überhaupt nichts erraten, zumal wir nicht einmal wußten, was eine Scharade ist. Er konnte uns also befriedigt die Lösung verkünden: »Ein *citron pressé*«*. Und wir haben gelacht, wie man lacht, wenn man so tut, als verstehe man. Dann haben wir alles wieder vergessen: die Scharade genauso wie die Lösung.

Dank eines großen Zufalls habe ich einige Zeit später die Scharade begriffen.

* D.h. ein frischer Zitronensaft.

Ein wirklicher Krüppel ohne Beine, der am unteren Ende der Rue des Couronnes in Belleville in einer Art flachen Kiste saß, die wie unsere Seifenkisten Räder mit Kugellagern hatte, hatte mich angeherrscht und mir dieselbe Frage gestellt:

»Das erste ist ein Krüppel ohne Beine, der in großer Eile...« usw. Er hatte nur den Straßennamen geändert. Die Rue des Martyrs war zur Rue des Couronnes geworden. Und als ich mich hörte, wie ich ihm die Antwort gab, verstand ich endlich, mit einigen Jahren Verspätung: »*Six troncs pressés*«.*

Ein Wortspiel, das ich vor ein paar Tagen gehört habe, hat mich auf diese doppelte Erinnerung verwiesen. Einem Kind, das gefragt hatte, was das Wort »Asteroid« bedeutet, hatte ein Freund, der Willi heißt, geantwortet:

»Ein Asteroid ist wie ein Asterogoy, bloß Jude.«

Und obwohl Willi das Wort »Asterojid« ausgesprochen hat, hat das Kind so wenig begriffen wie wir das mit den »six troncs pressés«.

Deshalb habe ich das Kind mitgenommen, ein Wörterbuch aufgeschlagen, und wir haben gemeinsam die Definition des Wortes Asteroid gelesen.

»Asteroid: Kleiner Planet, der für das bloße Auge nicht sichtbar ist.«

Aber da es ein Kind war, war ich unfähig, ihm das Wortspiel zu erklären.

Ich habe vergessen, Dir zu sagen, daß der Krüppel ohne Beine von der Rue des Couronnes mich aufgefordert hatte, unauffällig seinem Treiben zu folgen. Die Passanten, die nicht in der Lage waren, ihm die richtige Antwort auf seine

* Wörtlich: »Sechs Rümpfe in Eile.« Wortspiel mit dem Gleichklang von »Citron pressé« und »Six troncs pressés«.

Scharade zu geben, bat er, manchmal mit Erfolg, ihn an dem dicken Strick, der an seiner Kiste befestigt war, bis zum oberen Ende der Straße zu ziehen. Zum Dank dafür sagte er ihnen oben die Lösung, drehte sich um die eigene Achse und stürzte sich vor der fassungslosen mildtätigen Seele die Straße in Richtung des Boulevard de Belleville hinunter, auf die Gefahr hin, sich das Genick zu brechen, wobei er schrie: »Das erste ist ein Krüppel ohne Beine, der in großer Eile die Rue des Couronnes runterrast.«

Das ist erst der zweite Brief, den ich Dir schreibe, und ich weiß jetzt schon, daß ich Dir nicht alles sagen werde, von dem ich glaubte, ich könne es dir sagen. Ich dachte, ich wäre in der Lage, Dir zu schreiben, was es Neues auf der Welt gibt. Um mich in Wahrheit dann sehr schnell nur auf das zu beschränken, was uns interessiert. Und da halte ich mich nun lang und breit mit Geschichten von Wortspielen auf. Weil ich nämlich nicht genau weiß, wie ich Dir das, was ich Dir sagen möchte, sagen soll, und auch nicht, ob das, was ich Dir erzähle, das ist, was ich Dir erzählen wollte. Ich weiß nur – und davon war ich schon beim ersten Brief überzeugt –, daß ich es nicht aufgeben werde, Dir zu schreiben. Daß ich trotz der Hoffnunglosigkeit, in die mich der Anfang dieses Briefes stürzt, nicht aufhören werde.

Denn ich habe diesen Briefanfang gerade noch mal gelesen, und beim Lesen wird mir klar, daß ich Dir etwas anderes erzählen würde, wenn der Brief dazu da wäre, um gelesen zu werden.

Ich glaube, das ist es: Diese Briefe sind dazu da, um geschrieben zu werden. Nur, um geschrieben zu werden. Und um unsere elf Jahre zu bewahren, da das das Alter ist, das Du behalten hast. Und weil vielleicht nur das zählt. Und auch, um mich zu überzeugen, daß Du auf eine bestimmte Art und Weise noch da bist. Deshalb glaube ich, daß meine Briefe nur sein können, was sie sind.

Es gäbe noch so viel zu sagen ... sobald ich Dir schreibe, tauchen haufenweise ungeordnete Erinnerungen auf, Erinnerungen, die durch die Zeit bisweilen getrübt sind, aber Erinnerungen an unsere elf Jahre, die wahrscheinlich weiterhin – auch davon bin ich überzeugt – am Anfang meiner Briefe stehen werden.

Diese Erinnerungen halten mich, so wie mich jetzt dieser Briefwechsel hält. Das Wort »Briefwechsel« habe ich schon in meinem letzten Brief gebraucht, es ist nicht das richtige Wort, weil es einen Austausch von Briefen voraussetzt.

Ich weiß allmählich, warum ich Dir schreibe.

Joseph

P.S.: Je länger ich darüber nachdenke, desto stärker bin ich davon überzeugt, daß der Krüppel ohne Beine aus der Rue des Couronnes nicht wirklich einer war.

9

Die Zusammensetzung der Mannschaften beim Rennen Paris-Côte-d'Azur hat dazu geführt, daß ich mir den Verlauf der nächsten Tour de France genauer angesehen habe. Die Strecke begünstigte dieses Jahr unbestreitbar die Bergspezialisten, und da obendrein zwei Etappenziele im Hochgebirge lagen (L'Alpe-d'Huez und Sestriere), konnte ich mir außer Coppi, Bartali, Koblet oder Kubler keinen vorstellen, der in der Lage wäre, die Tour 52 zu gewinnen. Stan Ockers vielleicht, wenn er sich genug zutraute, aber ich sah ihn – wieder einmal – eher auf einem Ehrenplatz. Oder vielleicht Bobet, dessen Form zunächst sehr schwankte, der sich aber im Laufe der Jahre als ausdauernder Fahrer wie auch als guter Bergspezialist und Sprinter behauptet hatte.

Daniel, Régine und Renée waren zur Schule gegangen, um die Kinder abzuholen, und vom Speisesaal aus hörte ich nur das Hin und Her von Emile, der auf der Terrasse Rollschuh lief.

Emile hatte gerade eine Angina hinter sich. Annette, die Krankenschwester, war der Ansicht, er könne gut wieder zum Unterricht gehen, aber da Freitag war, hatte Mireille gedacht, daß er noch einen Tag fehlen und die Schule sehr gut bis Montag auf ihn verzichten könne.

Vielleicht war Emile die ewigen Runden leid, jedenfalls ist er, ohne seine Rollschuhe abzuschnallen, zu mir gekommen und hat sich neben mich auf die Bank gesetzt. Er sah mir zu, ohne etwas zu sagen, schien aber auf etwas zu lauern, was aus meiner Zeitung kommen würde. Ich konnte mir ein Lächeln nicht verkneifen, als ich Emile so dicht neben mir sah, weil ich an Willi und seine Geschichte von dem Huhn denken mußte, das Weihnachten auf den Tisch kam.

»Interessierst du dich für Radsport?«

»Ich kann nicht fahren«, hat Emile geantwortet.

»Du kannst nicht radfahren? Weißt du, daß das einfacher ist als Rollschuh laufen?«

Als die Kinder zum Nachmittagsimbiß kamen, machte nur Daniel einen überraschten Eindruck, als er Emile auf einem Fahrrad sah.

»Emile hat mir erzählt, er könne nicht radfahren«, hat Daniel zu mir gesagt, während die Kinder aßen.

»Stimmt, er hat es gerade gelernt.«

Das war alles, was wir uns mitteilen konnten, weil wir uns um die Hausaufgaben der Kinder kümmern mußten. Emile drehte weiter mit dem Fahrrad unermüdlich seine Runden im Park. Und obwohl er im »Wiegetritt« fuhr, weil er zu klein war, um vom Sattel aus die Pedale zu erreichen, fühlte er sich vollkommen sicher.

Alles in ihm sehnte sich so sehr danach, radzufahren, daß ich den Eindruck hatte, er würde nie wieder absteigen. Als ich ihn nach dem ersten geraden Stück losgelassen und ihm zugerufen hatte: »Guck nicht aufs Rad! Guck vor dich!« und er dann eine weite Kurve gefahren war, hatte er sich lächelnd umgedreht. Und dieses Lächeln von Emile, der wieder und wieder an mir vorüberfuhr, erinnerte mich plötzlich an Pauls Arme, die meine Taille umschlangen, als wir auf dem Motorrad saßen und die Straßen von Tarnos entlangfuhren. Etwas von unserem gemeinsamen Vertrauen sorgte für sein Gleichgewicht und trieb bestimmt jeden Pedaltritt an. Bis zur Sorglosigkeit.

Wieder einmal konnten wir, Daniel und ich, unser Gespräch erst am Abend in der Küche fortsetzen.

»Stell dir vor«, hat Daniel gesagt, »vor gar nicht so langer Zeit habe ich ihn gefragt, ob er für mich einen Einkauf im Dorf erledigen könne. Ich hatte ihm gesagt, er solle ein Rad nehmen, damit es schneller geht – nicht das von Annette, ein anderes, kleineres. Und plötzlich fiel mir auf, daß er für die kurze Strecke doch schon ziemlich lange unterwegs war, und ich habe mir Sorgen gemacht. Also habe ich mir auch ein Rad genommen, um ihm entgegenzufahren, und habe wie ein Verrückter in die Pedale getreten und mir vorgeworfen, daß ich ihn nicht allein hätte losschicken dürfen, weil er eben noch zu klein ist. Und dann sah ich ihn am Ende der Straße plötzlich vor mir, wie er neben seinem Fahrrad herlief. Sobald er in Hörweite war, habe ich ihn gefragt, was los sei. ›Ich hab einen Platten!‹ hat Emile gerufen und machte einen niedergeschlagenen Eindruck. Aber als ich dann bei ihm ankam, hab ich gesehen, daß die Reifen seines Rades gut aufgepumpt waren. Da hat er mir gestanden, daß er nicht fahren könne. Wir haben angefangen zu diskutieren: ›Warum hast du mir das denn nicht gesagt? Ich hätte jemand anderen schicken können!‹ Ich habe gesagt, ich hätte ihm eine Freude machen wollen, daß ich ihm vertraute, na ja, was man in solchen Fällen eben so sagt. Und ich hatte wirklich geglaubt, ich mache ihm eine Freude. Dann habe ich, immer noch in diesem Bemühen, vorgeschlagen, ihm das Radfahren beizubringen, sobald wir wieder zurück im Park wären, aber er hat sich hartnäckig geweigert. Wir sind zu Fuß zurückgegangen, schweigend, jeder neben seinem Fahrrad, wie die Idioten. Deshalb war ich heute nachmittag so überrascht, als wir aus der Schule kamen und ich sah, wie er im Park herumfuhr.«

»Als ich ihm vorgeschlagen habe, es zu lernen, hat er

mich sofort gefragt, wie lange man dafür braucht. Ich habe ihm gesagt: fünf Minuten, um fahren zu können, ohne hinzufallen. – ›Heißt das, daß ich es kann, bevor die anderen aus der Schule kommen?‹ hat mich Emile auf einmal ganz ungeduldig gefragt. Ich habe ihm geantwortet: ›Ja, wenn wir sofort anfangen.‹ So kam es, daß du gesehen hast, wie er auf Annettes Fahrrad herumgerast ist, als du kamst.«

Inzwischen waren die anderen Betreuer dazu gekommen. Aber die Besprechung an diesem Abend, oder besser die Fragen, die ich gern angeschnitten hätte, wurden rasch weggefegt.

In der Woche zuvor hatte ich im Rex den Film *Pläsier* von Max Ophüls gesehen, die Verfilmung dreier Novellen von Maupassant. Es ist noch untertrieben, wenn ich sage, daß ich beim Verlassen des Kinos zutiefst verwirrt war von der zentralen Novelle, *Das Haus Tellier*, in der die Geschichte eines Bordells erzählt wird, dessen Bewohnerinnen zu einer Erstkommunion aufs Land eingeladen werden. Die Reinheit, die Danielle Darrieux und ihre Begleiterinnen ausstrahlen, beherrschte den ganzen Film trotz seiner vordergründigen Frivolität. Ich erinnerte mich an eine Diskussion, die ich im Sommer zuvor in Tarnos mit den Größeren geführt hatte. Einige von ihnen hatten den Film *Der Reigen* von Max Ophüls gesehen, und bei einem Spaziergang hatten wir begonnen, darüber zu diskutieren. Fast alle hatte das Thema schockiert, das sich für sie zu der einfachen Geschichte zusammenfassen ließ, daß eine Dame einen Herrn trifft, der, nachdem sie miteinander geschlafen haben, eine andere Dame trifft, die einen anderen Herrn trifft und so fort. Sie verstanden nicht, warum ich für diese Geschichten so empfänglich war. Der Film *Pläsier*, den ich gerade gesehen hatte, führte nun das fort, was sich bereits in *Der*

Reigen gezeigt hatte, und bestärkte mich in meiner Überzeugung, die ich damals zu erklären versucht hatte: daß nämlich *Der Reigen* eine Art Meditation über das Thema des Begehrens und der Liebe sei. Außerdem hatte mich das, was mir Mireille über Alexandres Küsse erzählt hatte, dazu bewogen, im Laufe dieser Abendbesprechung das Problem der Sexualerziehung in Andrésy anzuschneiden.

Wie gesagt, ich bin mit meinem Wunsch, über diese Frage zu reden, nicht weit gekommen. Boris schlug mit der Faust auf den Tisch.

»Darüber wird nicht diskutiert! Nicht hier! Bist du verrückt geworden, Joseph? Willst du Kindern, die keine Eltern haben, beibringen, wie Eltern es anstellen, Kinder zu kriegen?«

»Aber Boris, es geht nicht darum, ihnen beizubringen, wie man Kinder macht, sondern darum, mit ihnen über das Leben zu reden, also auch über Sexualität.«

»Mit ihnen über das Leben zu reden. So, so... Jetzt hör mal gut zu, Joseph. Ich werd dir etwas erzählen. Ich weiß, daß du Laura magst. Irgendwann guckst du mal in ihren Schrank. Dort siehst du eine Puppe. Hast du noch nie ihre Puppe gesehen, Joseph? Dann sieh dir ihre Puppe genau an, und du wirst sehen, was Laura getan hat, als sie klein war. Du wirst sehen, daß die Puppe Falten im Gesicht hat und Lippenstift auf den Lippen. Du verstehst, Joseph: Laura hat eine Erwachsene aus ihrer Puppe gemacht. Du hast nie gesehen, wie sie ihre Puppe geküßt hat. Du hast nie gesehen, wie sie versucht hat, sich in ihre Arme zu schmiegen, um zu spüren, wie es ist, in den Armen einer Mutter zu liegen. Und du willst ihnen beibringen, wie man Kinder macht? Wer Laura kannte, als sie ganz klein war, hat sie nie ohne ihre Puppe gesehen. Jetzt liegt die Puppe tief unten im Schrank, aber niemand rührt sie an. Weißt du, was

Kinder machen, Joseph? Sie wachsen. Das ist der Lauf der Dinge. Und man muß ihnen beim Wachsen helfen. So finden sie ins Leben, nach und nach, einer nach dem anderen.«

Es geschah nicht häufig, daß Boris mehr als zwanzig Wörter hintereinander sagte. Das schuf Raum in unseren Diskussionen. In diesen Raum hinein hat er noch gesagt, daß Philosophie durstig mache, und hat sich ein Glas »Neinziger« eingeschenkt.

»Wenn du zwei Nachrichten zu verkünden hast, Joseph, eine gute und eine schlechte, mit welcher fängst du an?« fuhr Boris in verändertem Tonfall fort, während er sich einschenkte.

»Mit welcher? ... Ich weiß nicht ... Das kommt drauf an...«

Ich begriff nicht, worauf Boris hinauswollte.

»Man fängt immer mit der schlechten an. Denn wenn die gute wirklich gut ist, dann hebst du sie für den Schluß auf. Und selbst wenn die gute nicht wirklich gut ist, aber die schlechte schlechter ist, als die gute gut ist, dann darfst du erst recht nicht mit der schlechten aufhören. In beiden Fällen hörst du mit der guten auf. Also, siehst du, die Tage hier sind gute und schlechte Nachrichten zugleich. Nur weiß man nie, welche als erste kommt. Das ist wie bei den Briefen. Wenn zwei ankommen, weißt du auch nicht, welchen du zuerst aufmachen sollst, weil du nicht weißt, was drin steht. Das ist nicht wie beim ›Neinziger‹. Den mußt du nicht aufmachen, um Bescheid zu wissen. Der ist immer gut.«

Und Boris hat sein Glas geleert.

»Noch etwas, Joseph. Eines Tages habe ich hier, ist schon lange her, einen Jungen angeschnauzt. Ich weiß nicht mal mehr, warum. Instinktiv hat er seinen Arm gehoben, um sich zu schützen. An diesem Tag habe ich mehr gelernt, als man aus all deinen Erziehungsbüchern lernen kann.«

Danach hat Boris niemanden mehr angesehen. Er hat nur seine Flasche genommen und sich noch ein Glas eingeschenkt.

10

Masltów hat sich neben mich gesetzt. Ohne einen Ton. Und er machte es wie ich: Er hat geschaut. Wie um herauszufinden, was man von meinem Platz aus sieht.

Ich sitze auf der Erde, an die Mauer gelehnt, die den Park zur Straße abschließt. Es sind nicht viele Kinder im Schloß. Es ist Sonntag. Viele sind heute morgen nach Paris gefahren, um Familienangehörige zu besuchen. André sitzt auf einem Ast seiner Tanne. Andere, eine Gruppe von knapp zwanzig, haben es geschafft, eine Partie Völkerball zu organisieren. Aber sie spielen, wie man sonntags spielt. Um sich die Zeit zu vertreiben. Daniel und Régine spielen auch mit. Der Sonntag ist für die Betreuer kein Ruhetag. Nur Willi und Blanche fehlen, sie haben heute morgen ebenfalls den Zug genommen und treffen die Kinder am späten Nachmittag an der Gare Saint-Lazare wieder.

Masltów hat manchmal den Platz gewechselt, einfach so, ohne nachvollziehbaren Grund. Er saß irgendwo, und dann lief er plötzlich los und setzte sich irgendwo anders hin, wie jetzt gerade.

Ich tat es ihm nach.

Ich sitze auf den Stufen der Freitreppe. Ich gucke, und alles ist gleich. Ich habe nur den Blickwinkel gewechselt. Dann denke ich erneut an den Film *Der Reigen* von Max Ophüls, den ich mir noch einmal angesehen habe.

Nach dem Kino hatte ich aus dem Gedächtnis rasch die ersten Sätze aufgeschrieben, die Anton Walbrook, der Spielleiter, sagt, während er auf einem sich drehenden Karussell steht: »Die Menschen sehen nur einen einzigen

Aspekt der Dinge, ich sehe sie alle, weil ich rund herum sehe, und das erlaubt mir, überall zugleich zu sein.«

Da ist das, was ich sehe, und da ist, was ich weiß. Aber das sind zwei Dinge, die ich nicht trennen kann.

André sitzt noch immer auf seiner Tanne. Stören wir nicht seine Abgeschiedenheit.

Ich bin am 21. Januar nach Andrésy gekommen. Das waren jetzt etwas mehr als zwei Monate.

Ich habe mich gefragt, was mich seit meiner Ankunft besonders geprägt hat. Ereignisse? Kaum. Nur ein paar Lebensbruchstücke. Bruchstücke ohne sichtbaren Zusammenhang, von denen ich nicht immer wußte, was sie bedeuteten oder ob sie überhaupt etwas bedeuteten. Ja nicht einmal, ob sie wichtig waren oder ob manche wichtiger als andere waren.

Empfundene, aber nicht immer erkannte Momente, als hätte ich, um sie zu erkennen, »überall zugleich sein« müssen.

»Dreh'n, dreh'n sich die Figuren
Die Erde dreht sich Tag und Nacht
Das Regenwasser wird zur Wolke
Die Wolke fällt erneut als Regen.«

Aus dieser Folge von Momenten tauchten bisweilen Erzählungen auf, die ich nicht immer miterlebt hatte, da ich nach Andrésy gekommen war, als dort schon alles im Gang war. Ja, nur die Gesichter wechselten manchmal.

Eines Tages, ganz am Anfang, hatte Mireille abends ein Kinderlachen aus dem Zimmer der Kleinsten gehört. Sie war ins Zimmer gegangen. Alle Kinder schliefen. Das kleine Licht über der Tür, das die ganze Nacht anblieb, war nicht hell genug, um die Spur eines Lächelns auf ihren Lippen zu erkennen. Mireille hat nicht herausgefunden, welches der sechs Kleinen im Schlaf gelacht hatte. Dieses einfache Glück aus dem Mund eines Kindes hatte sie hier zum ersten Mal zu Tränen gerührt.

Immer noch am Anfang. Mit dem Kleinsten. Er weigerte sich, warme Nahrung zu sich zu nehmen. Eines Tages nahm Louba das Kind auf den Schoß. Sie hat einen Löffel Suppe genommen, darauf gepustet, probiert, und das Kind hat gegessen. Es hatte eine vertraute Geste wiedererkannt.

»Wenn sie mich fragen: ›Wie war das, als ich klein war?‹, kann ich ihnen nichts über ihre frühe Kindheit erzählen«, hat Mireille gesagt. »Aber ich kann sie daran erinnern, wie sie zählen gelernt haben. Zu Beginn, als das Schloß aufmachte und die Kinder von überall her zusammengeholt wurden, kamen viele hier an, deren ganzer Körper mit eitrigem Schorf bedeckt war. Da die Krankenstation zu klein für alle war, sind Louba und ich von Zimmer zu Zimmer gegangen und haben, ausgerüstet mit Pinzette und Watte, jeden Schorf mit *Eau de l'Alibour* betupft. Das ist ein türkisfarbenes Antiseptikum. Da das ein bißchen brannte, habe ich ihnen gesagt: ›Wie viele Tupfen kriegst du? Komm, wir zählen sie.‹ Und da sie von Kopf bis Fuß abgetupft wurden, hatten manche bis vierzig oder fünfzig gezählt, wenn sie sich hinlegten. Sie mußten doch irgend etwas haben, das sie mit ins Bett nehmen konnten.«

Noch mal Mireille. Am Abend, nach einem harten Tag voller Feindseligkeiten. Wüstes Durcheinander im Zimmer der Großen. Sie geht hinein, regt sich auf, liest ihnen die Leviten. Sie glaubt, daß sie wirklich etwas erreicht hat. »Ich frag mich, was du tun würdest, wenn wir nicht da wären!«

Paul war es, der ihr aufsässig und mit zusammengebissenen Zähnen diesen Satz entgegenschleuderte.

Willi hat mir beigebracht, wie man sich aus der Zeitung die Welt aneignet. Man darf sich, sagte er, nur die Geschichten von menschlichem Interesse merken. Eines Tages hat er mir einen Artikel über Varietékünstler und -künstlerinnen gezeigt. Eine von ihnen, Polaire, einst Königin des Cabarets, empfing kurz vor ihrem Tod im Krankenhaus einen Journalisten, der sie interviewte. Als er dann Anstalten trifft aufzubrechen, sagt sie: »Bleiben Sie noch! … ich bin es doch, die gehen muß.«

Einen Monat zuvor, als eine Rede von Albert Camus abgedruckt war, die er in der Salle Wagram nach Francos Todesurteil für elf spanische Gewerkschaftler gehalten hatte, hatte Willi den Satz unterstrichen: »Werden wir angesichts all dieser Verbrechen passiv bleiben, uns also mitschuldig machen?«

Ich hatte bei dem Plattenhändler in der Rue des Beaux-Arts eine alte Jelly Roll Morton von 1928 gekauft, die bei Grammophone erschienen und von »Jelly Roll Morton's Red Hot Peppers« aufgenommen worden war. Es war also eine andere Formation als die bei der Aufnahme von *Oh Didn't He Ramble.* Auf einer der beiden Seiten war *Kansas City Stomp.* Zu Beginn spielen die Klarinette, die Trompete, dann die Posaune und schließlich die Tuba nacheinander jede ein paar Noten, bevor sie schließlich gemeinsam das Thema entwickeln. Und jedes Mal, wenn ich das Stück hörte, hörte ich innerlich wie zur Ergänzung mit: »Jetzt haben wir alle geantwortet: ›Anwesend, jetzt können wir loslegen.‹« Ich habe mich über mich selbst geärgert, daß ich die Musik nicht einfach so hören konnte – ohne dieses idiotische Gefühl, das sich in mir festgesetzt hatte.

Und dann habe ich schließlich Lauras Puppe gesehen. Ich erinnere mich nicht genau, aus welchem Grund ich mich im Zimmer der großen Mädchen befand, aber es war anläßlich einer großen Aufräumaktion, und Lauras Puppe lag auf ihrem Bett. Es ist erst ein paar Tage her, trotzdem erinnere ich mich nur noch daran, daß ich das angepatschte Haar der Puppe gestreichelt habe, als ob ich damit hätte auslöschen können, was vorausgegangen war. Diese Geste hatte ich fast unbewußt gemacht, und ich fragte mich sofort beunruhigt, ob Laura mich etwa dabei gesehen hat, weil man so keinen Trost vermittelt. Ich hatte nicht gewagt, sie anzusehen. Die Puppe trug noch immer ein bißchen von dem Lippenrot, das Laura aufgetragen hatte, so als ob diese Spuren ihr helfen könnten, den Lauf des Lebens zurückzuverfolgen.

II

Von den Stufen der Freitreppe hatte man den besten Blick über den Park. Von dort aus habe ich Simon kommen sehen. Simon war Betreuer in Tarnos gewesen. Raphaël, er und ich hatten dort das Zimmer geteilt. Er hatte das erste Nachkriegsjahr in Andrésy verbracht, dann kam er nach Montreuil in das Kinderheim, in dem die Größeren zusammengelegt wurden. Dort ist er geblieben, bis er siebzehn Jahre war. Genau wie andere vor ihm, mit derselben Sorge um seine Unabhängigkeit, hatte er für seine nächste Zukunft gesorgt und in einer Konfektionsschneiderei in der Rue Meslay den Beruf des Nähers erlernt. Bis zu dem Tag, als er glaubte, selbst für sich aufkommen zu können. Da hatte er ohne Bedauern das Heim in der Banlieue verlassen und ein kleines Zimmer in der Rue Volta bezogen.

Simon kam, um seinen Bruder Alex zu besuchen. Simon war fünf Jahre älter.

Manchmal besuchte Alex auch seinen Bruder in Paris. Sie gingen ins Kino, aßen ein Eis in der Nähe des Rex, und am Spätnachmittag nahm Alex wieder den Zug.

»Wenn wir beide allein sind, wissen wir oft nicht, was wir reden sollen«, hatte Simon mir einmal erklärt. Deshalb kam er lieber nach Andrésy.

In Tarnos hatte uns Raphaël eines Abends erzählt, daß er sehr eifersüchtig gewesen sei, als seine Schwester Betty geboren wurde, weil er gedacht habe, sie würde den ganzen Platz einnehmen. Vor allem ertrug er es nicht, in die Schule zu gehen, während seine Schwester den ganzen Tag zu Hause blieb.

»Wenn es zwei Brüder sind, ist es noch schlimmer, glaube ich«, hatte Simon gesagt. »Bei zwei Schwestern muß es genauso sein. Meinen größten Anfall von Eifersucht, jedenfalls der, an den ich mich am deutlichsten erinnere, bekam ich, als man den gelben Stern tragen mußte. Da er erst ab sechs Pflicht war, war Alex davon befreit, während ich mit dem Stern zur Schule gehen mußte. Ich hatte gesagt, ich würde ihn gern tragen, aber nur unter der Bedingung, daß Alex ebenfalls einen trägt. Er wäre übrigens damit einverstanden gewesen, er machte mir ohnehin alles nach. Das ging mir noch mehr auf die Nerven. Ich empfand das als eine schreckliche Ungerechtigkeit. In der Nacht, als meine Eltern schliefen, habe ich den Stern von meiner Jacke abgetrennt und ihn unter meiner Matratze versteckt. Mein Vater schäumte vor Wut. Und da ich nicht sagen wollte, wo ich ihn versteckt hatte, mußte meine Mutter den Stern vom Jackett meines Vaters abtrennen und ihn an meine Jacke nähen. Das führte dazu, daß ich schließlich zu spät und im Schlepptau meiner Mutter in die Schule kam.«

»Wie alt warst du 1942?« hatte Raphaël gefragt.

»1942? Da war ich neun.«

Obwohl Alex gesehen hatte, daß sein Bruder mit mir sprach, hatte er das Spielfeld nicht verlassen. Als wartete er noch auf ein Zeichen, um seinem Bruder guten Tag zu sagen.

Ich habe ihn beim Spiel abgelöst, und die beiden Brüder konnten sich umarmen.

Alex erzählte wenig von Simon, und diese beharrliche Verschwiegenheit wurde ihm lange Zeit als Gleichgültigkeit ausgelegt. Aber wenn man gesehen hatte, wie er eines Tages, als jemand es gewagt hatte, ein vorschnelles und strenges Urteil über Simon zu fällen, mit geradezu verzweifelter Wut auffuhr, wußte man, daß das nicht stimmte. Simon war sein großer Bruder, und dazu gab es nichts zu sagen.

»Du hast Besuch!«

Das sagten die, die keinen hatten, zu denen, die welchen bekamen. Oder: »Da sind Besucher!«, wenn man sie noch nicht kannte und folglich nicht wußte, wen sie besuchen würden.

Ich hatte aus Neugier ins Wörterbuch gesehen. Um herauszufinden, ob das Wort angemessen war. Ob es nicht noch andere dafür gab. »Besucher, Besucherin« war erklärt als eine Person, die jemanden zu Hause aufsucht. Genau wie jemand, der anderswo einen Besuch abstattet: bei einem Internatsschüler, einem Kranken, einem Gefangenen.

Am späten Nachmittag kam der Moment, wo Simon unwillige Blicke auf die anderen Besuchern warf. Er hatte keine besondere Lust – das wußten wir schon –, mit ihnen zusammen die zwei Kilometer vom Schloß zum Bahnhof zu gehen. Ihre Gespräche drehten sich immer um den gerade vergangenen Tag und brachten nichts Neues. Was sie zu sagen hatten, kannte Simon bereits.

»Gehen wir zusammen?«

»Fährst du auch nach Paris?« hat Simon gefragt, als hätte ich ihm ein Geschenk gemacht.

»Nein, nur zum Bahnhof von Andrésy. Blanche hat uns Bescheid gegeben, daß sie heute abend erst ziemlich spät zurückkommt, und da es nicht in Frage kommt, daß Willi den Weg mit den Kindern allein macht, hole ich sie ab.«

Wir ließen den unebenen Bürgersteig unbenutzt und liefen mitten auf der Straße, und als sei das ganz selbstverständlich, setzte Simon bald das Gespräch fort, das acht Monate zuvor in Tarnos begonnen hatte.

»Blöderweise waren Alex und ich, von den Monaten in der Ferienkolonie abgesehen, nie zusammen«, hat Simon erzählt. »Als ich in Andrésy war, war er in Aix-les-Bains. Und als er dann nach Andrésy gekommen ist, bin ich wegen meines Alters mit den Großen nach Montreuil gegangen. Zu der Zeit mußten wir Briefe schreiben, genau wie in der Kolonie. Mir war nicht klar, daß Alex gerade Lesen lernte, und so habe ich ihm einen leeren Brief geschickt.«

»Leer?«

»Ja, ein leeres Blatt. Ich hatte nichts draufgeschrieben.«

»Du hattest nichts draufgeschrieben? Wieso das denn? Als Witz?«

»Nicht mal. Nein, ich hatte ihm noch nie geschrieben. Und weißt du, außerdem war das direkt nach dem Krieg, ich habe noch geglaubt, daß unsere Eltern wiederkommen würden, und ich hatte nicht begriffen, daß er nur noch einen großen Bruder hatte, auch wenn ich erst dreizehn war. Ich hatte ebenfalls nur noch ihn, aber da er der Kleinere war, brauchte er vor allem mich.«

»Ja, aber warum hast du nichts auf das Blatt geschrieben?«

»Ich weiß es nicht. Es war nicht mal, um ihn zu ärgern. Ich hab dir ja erzählt, welche Probleme ich mit seiner Geburt hatte. Aber das war nicht der Grund. Nein, ich glaube, ich hatte ihm einfach nichts Besonderes zu sagen. Vielleicht, um schneller hinter mich zu bringen, was ich für eine Last hielt, es war ja Pflicht.«

»Wie hat er reagiert?

»Alex? Er hat nichts gesagt. Wir haben nie darüber gesprochen. Ich dachte, er hätte es vergessen. Dann habe ich ihm vor nicht allzu langer Zeit ein paar Kleidungsstücke hergebracht, und als ich sie in seinen Schrank räumte, habe ich den Brief gesehen. Er hat ihn aufbewahrt. Es war fünf Jahre her, und er hat ihn aufbewahrt. Ich habe mich geschämt ...«

Es war gut, daß das Gespräch mit Simon beim Gehen stattfand. Ich weiß nicht recht, was ich hätte sagen sollen, wenn wir uns irgendwo gegenüber gesessen hätten.

»Dann habe ich begriffen, warum er ihn aufgehoben hat«, fuhr Simon fort. »Er hat ihn aufgehoben, weil das ungefähr alles war, was er von mir besaß. Es war ein einfaches Blatt weißes Papier, und er hat es aufbewahrt wie einen kostbaren Gegenstand. Kannst du dir das vorstellen? Seitdem denke ich oft daran. Was mag er sich gedacht haben, als er das leere Blatt aus dem Umschlag zog? Einen Brief, den er nie jemandem hat zeigen können!«

»Weißt du, Simon, ich glaube, daß Alex dich trotz allem sehr bewundert.«

»Weil ich der große Bruder bin. Weil ich arbeite. Weil ich es geschafft habe, das Kinderheim zu verlassen, und allein lebe. Ich würde gern genug Geld verdienen, um ihn zu mir zu nehmen. Wir würden beide zusammen wohnen.«

»Weiß er das?«

»Nein. Nein, das nutzt nichts. Ich habe ihm nichts gesagt, weil ich nicht genug Geld verdiene, um in eine größere Wohnung zu ziehen und ihm eine Ausbildung zu zahlen. Ich hätte gern, daß er Unterricht nimmt. Zeichenunterricht. Hast du gesehen, wie gut er zeichnet?«

»Natürlich. Das Schloß ist voll von seinen Zeichnungen.«

»Deshalb ist er, glaube ich, in Andrésy besser aufgehoben. Jedenfalls im Moment.«

Da der Zug aus Paris vor seinem kam, blieb Simon auf dem Bahnsteig zurück. Er nahm sofort Zuflucht zu einer Zeitung, die er aus der Tasche zog.

Auf dem Rückweg vom Bahnhof Sonntag abends wurde nicht gesungen. Manche erzählten von ihrem Tag, von dem Film, den sie gesehen hatten. Manche hatten ein Päckchen. Manche schwiegen, die Hände in den Taschen.

Neben Willi zu laufen vermittelte ein Gefühl von Sicherheit. Das Kind, das seine Hand hielt, wußte das.

Ich dachte wieder an Alex, seine Verschwiegenheit, seine scheinbare Zurückhaltung, deren Gründe ich nicht hatte erkennen können. Allmählich verstand ich seine Blicke, wenn Simon nach Andrésy kam. Seine Blicke, die zu sagen schienen: Ich hätte einfach nur gern, daß er auf mich achtet.

Auf dem Rückweg konnte ich nicht mit Willi sprechen. Ich mußte warten, bis die Kinder schliefen, und Sonntag abends schliefen sie nie schnell ein.

»Weißt du, Joseph, es gibt Kinder hier, die sich verlassen fühlen. Ich will damit sagen, sie haben das Gefühl, von ihren Eltern verlassen worden zu sein. Ich weiß, das erscheint absurd, und eines Tages sollte man versuchen, das zu verstehen und zu erklären. Auch wenn man weiß, daß die Abwesenheit der Eltern nicht auf alle dieselben Auswirkungen hat. Ich glaube nicht, daß ich die Kraft oder die Fähigkeit dazu hätte. Aber zumindest eines habe ich gelernt, und davon bin ich felsenfest überzeugt: Wenn man jemanden liebt, muß man ihm, ganz unabhängig von den äußeren Umständen, sagen, daß man ihn liebt.«

12

Von all den in jenem Jahr in Andrésy verbrachten Sonntagen wird jener, der auf den Sonntag folgte, an dem mir Simon die Geschichte von dem leeren Brief erzählte, mit Sicherheit der denkwürdigste bleiben.

Und das dank der Marx Brothers.

Diese Brüder hatten viel Raum in meinem Leben eingenommen. Mehr noch: Aus jedem ihrer Filme kam ich vollkommen erschöpft heraus, so verheerend war ihr Humor. Und trotzdem habe ich, da das Kino, in dem *Die Marx Brothers in der Oper* lief, ein Kino mit Dauervorführung war, den Film zweimal hintereinander gesehen. Außerdem gab es da etwas, was ich in einem Film noch nie gesehen hatte: Groucho wandte sich manchmal plötzlich an den Zuschauer, wie um ihn zum Zeugen des Geschehens auf der Leinwand zu machen. Und was in jedem anderen Film ganz sicher schockiert hätte, erschien hier völlig natürlich, da so ein geheimes Einverständnis mit Groucho entstand, das den Zuschauer in eine privilegierte Situation versetzte.

Harpo dagegen hätten die Kinder gern als Erzieher gehabt. Er produzierte ständig Chaos, konnte aus seinem berüchtigten Regenmantel jede Menge Sachen hervorziehen und schien sich seine Kinderseele bewahrt zu haben.

Außerdem gefiel mir, ohne daß ich gewußt hätte, warum, daß die Marx Brothers im wirklichen Leben Brüder waren, nicht aber in den Filmen.

Ich hatte gerade *Die Marx Brothers im Kaufhaus* gesehen, und in diesem Film gab es eine unglaubliche Verfolgungsjagd auf Rollschuhen, bei der mir sofort einfiel, wie man sich das zunutze machen könnte.

Meine Idee war folgende: Die Betreuer sollten an einem Sonntag den gesamten Service beim Mittagessen übernehmen, auf Rollschuhen. Von den Vorbereitungen durften die Kinder natürlich nichts merken, damit die Überraschung auch vollständig gelänge. Die Idee wurde, auch wenn sie ziemlich ausgefallen war, sofort begeistert aufgenommen.

Willi und Boris, die noch nie Rollschuhe an den Füßen gehabt hatten, waren davon befreit. Aber Boris war damit nicht einverstanden, weil er das nicht als Privileg, sondern als Ausschluß empfand. Wieder einmal hatte Mireille den rettenden Einfall, wie man Boris an dem allgemeinen Spaß beteiligen konnte: Er sollte Willis weiten Regenmantel anziehen, in den Mireille zwei große Taschen nähen würde, und im vereinbarten Moment, musikalisch begleitet von Willi, kiloweise Orangen hervorholen. Damit wäre Boris der Star, weil ihm die Rolle zufiel, die im allgemeinen Harpo spielte. Wir baten ihn nur darum, mit seinem Auftritt bis zum Nachtisch zu warten.

Am fraglichen Sonntag hatten wir den Kindern gesagt, daß wir uns um alles kümmern würden, daher waren sie nicht besonders erstaunt, daß die Tische zur Essenszeit nicht gedeckt waren.

Im Takt und nach der Melodie von *La Valse brune*, die von Willi, Mireille, Daniel, Régine, Renée, Annette, Jacques und mir gesummt wurde, erschienen wir in einer Reihe hintereinander im Speisesaal. Mit Schürze und einer Serviette über dem Unterarm wie Kellner und Kellnerinnen im Restaurant walzten wir von einem Tisch zum anderen, während wir vor den begeisterten Kindern Teller und Gläser abstellten und das Besteck hinlegten. Als wir die ersten Schüsseln brachten, bekamen wir sogar Applaus.

Wir waren gerade mit der Vorspeise fertig, als Willi beunruhigt feststellte, daß Boris fehlte. Wir sollten bald erfahren, warum.

Es war zwar noch nicht Zeit für den Nachtisch, aber als aus der Küche plötzlich *O sole mio* mit jiddischem Akzent drang, waren wir alle hin- und hergerissen zwischen Besorgnis und Neugier. Boris erschien auf Rollschuhen und mit einer Schüssel dampfender Nudeln in den Händen. Ich weiß nicht, woher er diesen brillanten Einfall hatte, jedenfalls hatte er darüber die Hindernisse auf seiner Strecke völlig vergessen. Zum Beispiel die Stufe exakt am Ende des Ganges, der von der Küche zum Speisesaal führte.

Diese sträfliche Nachlässigkeit ließ ihn den schönsten Gleitflug vollführen, den ich je erleben durfte. Durch ein unerklärliches Wunder ließ Boris die Schüssel erst los, als er auf dem Bauch lag. Sie flog weiter, bis sie schließlich zu Masltóws Füßen landete, der bislang nur wenig Interesse für all das lärmige Durcheinander bekundet hatte. Da er es für abgemacht hielt, daß jegliches Essen, das auf den Boden gestellt wurde, für ihn war und ihn die Unmenge Nudeln, die ihm – wenn auch etwas ungewöhnlich – vorgesetzt wurde, kaum einschüchterte, machte sich Masltów gebührend über das her, was Léva, der Koch, für einen ganzen Tisch zubereitet hatte.

»Noch mal, Boris, wir haben's nicht alle gesehen!«

Maurice hatte das gerufen. Maurice, der Boris seit dem Zirkus von Tarnos eine ganz besondere Verehrung entgegenbrachte. Die Bitte hatte nichts Unfreundliches. Sie lag nahe, war aber vergebens. Denn die Situationskomik, mit der Boris gerade geglänzt hatte, ließ sich nicht wiederholen.

»Streckenproblem!« hat Boris, der sich nie lange mit einem Mißerfolg aufhielt, geantwortet. Er rappelte sich wieder auf und lief zurück in Richtung Küche, denn unter anderem hatte er noch vier Schüsseln Nudeln hereinzubringen.

Danach lief das Mittagessens eher wie ein Verfolgungsrennen bzw. wie eine Zirkusnummer ab. Höhepunkt war die Verteilung der Orangen, um die Boris sich wie versprochen allein hatte kümmern dürfen. Hätte er gleich Orangenbrei aus seinen Taschen gezogen, wäre es auch nicht schlimmer gewesen.

Aber die Kinder strahlten vor Glück, als ob dieses Haus endlich ihr Zuhause geworden wäre. Als ob all dieser Überfluß an verschüttetem Essen auf dem Boden des Speisesaals das Schloß von Andrésy in diesem Augenblick mit einer Lebendigkeit erfüllte, die ihm so häufig fehlte.

Diese Augenblicke der Freude, diese dem Leben geraubten Momente beseelten die Herzen dieser Kinder. Nichts, keinerlei Bedrohung schien ihnen etwas anhaben zu können. Das Glück war einfach da, ganz schlicht, an diesem Tag hier deponiert, wie eine Erinnerung, die sie nicht mehr verlassen würde.

Boris' gute Laune hatte durch das ständige Hinfallen nicht im geringsten gelitten. Er brach sogar in schallendes Gelächter aus, als Maurice am selben Abend für die anderen, die aus Paris zurückkamen, auf Rollschuhen und in dem berüchtigten Regenmantel aus der Küche kam und dabei mit jiddischem Akzent *O sole mio* sang.

13

Von nun an nutze ich meine freien Tage gut. Ein kurzer Besuch bei meinen Eltern, ein Film, manchmal der Kauf einer Platte, wenn möglich ein Jazzkonzert, dann zur Gare Saint-Lazare und zurück ins Schloß.

Innerhalb einiger Wochen hatte ich auf diese Weise *Das Wunder von Mailand* gesehen, *Monsieur Verdoux*, *Die ist nicht von gestern*, *Louisiana-Legende* sowie *Die Marx Brothers im Kaufhaus*, deren Verrücktheit so glücklich über den Sonntag der Kinder hereingebrochen war.

»Monsieur Jacques will dir etwas zeigen«, hat meine Mutter gesagt, als ich am späten Vormittag zu ihnen kam.

Monsieur Jacques wohnte im Stockwerk über uns. Als ich klein war, machte er mir immer Angst. Man nannte ihn eine »Gueule cassée«.*

»Ich habe deine Mutter gebeten, dich zu mir zu schikken, weil ich neulich gesehen habe, wie du den Laden mit deinen Eltern davor photographiert hast. Komm, setz dich, ich will dir was zeigen, was dich interessieren wird.«

Ich war ein bißchen eingeschüchtert. Gewöhnlich sagte ich ihm guten Tag, wenn ich ihm mal begegnete, und damit war unser Gespräch auch schon beendet.

Auf dem Tisch im Eßzimmer lag ein aufgeschlagenes Photoalbum. Außerdem standen eine gefüllte Karaffe und zwei Stielgläser darauf, vermutlich zu Ehren meines Besuchs.

* In Frankreich Bezeichnung für die Gesichtsverletzten des Ersten Weltkriegs (A.d.Ü.).

Doch in dem Album befanden sich keine Photographien, sondern Postkarten. Es war übrigens auch kein Photo-, sondern ein Postkartenalbum, mit kleinen Schlitzen auf jeder Seite, um die Karten hineinzustecken.

»Die hat Madame Jacques mir geschickt, als ich 1914 an der Front war. Damit ich gern wieder zurückkomme oder damit ich sie nicht vergesse. Einzig und allein Paris. Nur zu, du kannst die Seiten umblättern.«

Es war tatsächlich Paris. Aber kein Eiffelturm und auch kein Sacré-Cœur wie auf den fein bemalten Gürteln der jungen Frau aus Nummer 7. Nur Straßen. Straßen mit einem Laden neben dem anderen und Leuten davor, die genau wie meine Eltern, als ich sie photographiert habe, den Photographen ansehen. Vor allem Cafés mit Kellnern in Schürzen, die so tun, als servierten sie, und Gästen, die so tun, als stießen sie miteinander an. Aus der Schule kommende Kinder in Holzpantinen. Obst- und Gemüsehändler mit ihren kleinen Karren und Arbeiter mit Brotbeuteln. Weinlieferanten und das überschwemmte Paris von 1910.

»Mach langsam. Du darfst nicht so schnell blättern, wenn du's richtig sehen willst.«

»Meine Schule!«

»Ja. Die Rue du Moulin-des-Prés. Da bin ich auch zur Schule gegangen, als ich klein war. Guck da, an der Ecke Rue Bobillot gab es schon die Apotheke. Aber so lang ist das ja auch noch gar nicht her! Wie lang? Kaum vierzig Jahre.«

Es gab eine Doppelseite nur mit Karten von der Butte-aux-Cailles. Auf manchen klebte eine Zehn-Centimes-Marke.

»Ich geb dir nachher ein paar unbeschriebene mit. Die anderen kann ich nicht hergeben, das sind Erinnerungen. Guck, die da. Das ist Nummer 30. Siehst du den Laden von deinem Vater? Damals war das noch kein Laden, sondern eine Wohnung. Und hier, im ersten Stock, das Kind, das aus dem Fenster sieht, das ist der Sohn der damaligen Concierge. Ich bin ihm mal begegnet, vor langer Zeit. Er trug eine Polizeiuniform. Den zweiten Stock sieht man auf dem Photo nicht. Vielleicht war ich da auch drauf. Das ist meine Lieblingskarte. Die erste, die ich bekommen habe. Die geb ich nie her. Da schreibt mir Irma, daß ich aufpassen soll. Hast du meine Fresse jetzt gesehen? Deshalb haben sie mich nach Hause geschickt. Und deshalb sind die Karten nicht alle beschrieben. Da, du kannst sie lesen, das sind keine Geheimnisse.«

Und Monsieur Jacques hält mir die Karte mit der Schriftseite hin. Sie ist adressiert an Monsieur Jean Jacques. Auf diese Weise habe ich erfahren, daß Jacques sein Nachname ist, nicht sein Vorname. Deshalb nannten meine Eltern seine Frau auch immer Madame Jacques. Auf die Seite für den Text hatte sie einfach geschrieben: »Paß gut auf Dich auf, mein Liebling.« Sie umarme ihn. Unterschrift: »Deine Frau Irma.« Und das Ganze war mit veilchenblauer Tinte in einer hübschen, zierlichen Schrift mit der Feder und mit Ab- und Aufstrichen geschrieben.

Monsieur Jacques hat mir zwei Postkarten vom Ende der Straße geschenkt, und wir haben ein Glas Portwein getrunken. Dann hat er mich aufgefordert, von meiner Arbeit zu berichten. Er hat mir sehr aufmerksam zugehört, als ich versucht habe, es ihm zu erklären, aber ich muß mich wohl nicht klar genug ausgedrückt haben, denn als er mich an die Tür zurückbrachte, sagte er:

»Ich bin im Ersten Weltkrieg ins Gas gekommen.«

An jenem Nachmittag bin ich von zu Hause aufgebrochen, als ob ich mich wieder auf den Schulweg machen würde. Langsam. Indem ich mir Zeit nahm. Indem ich diese Häuser betrachtete, als sähe ich sie zum ersten Mal. Diese Häuser, die scheinbar nur photographiert worden waren, um sich Monsieur Jacques in Erinnerung zu bringen. Damit er bei seiner Rückkehr die Adresse noch weiß, wie er sagte: Rue de la Butte-aux-Cailles 30.

Ich gehe an der Nummer 7 vorbei, aber wage nicht stehenzubleiben. Ich warte, bis ich auf der Place Paul-Verlaine bin, auf einer Bank direkt gegenüber der Schreibwarenhandlung Noyelle.

Die Schreibwarenhandlung Noyelle, die schon auf einer der beiden Postkarten zu sehen ist – mit lauter Kindern, die zusammengelaufen sind, weil photographiert wurde.

Die andere Karte berührt mich besonders. Sie trägt die Nummer 562*b*. Warum *b*? Es ist eigenartig, daß mich eine Karte von 1910 auf das Jahr 1942 verweist. Links ist das Lebensmittelgeschäft in Nummer 7, später das Lebensmittelgeschäft von Vater Beck. Im Hintergrund ein von einem unverdrossenen Pferd gezogener Karren, der aussieht wie die Karren, die Eisblöcke lieferten und von denen wir uns als Kinder heimlich auf Rollschuhen hatten mitziehen lassen (damals schon!).

Ich wußte nicht, wie sehr mich diese Straße, in der mir alles so vertraut ist, geprägt hat.

Ich bin wie geblendet von so viel Ruhe. Und ich empfinde in dieser Straße, wo die Menschen im Rhythmus des täglichen Kommens und Gehens leben und glauben, alles sei noch wie früher, ein warmes und zugleich schmerzliches Gefühl.

Beck, zu früh, zu schnell gegangen.

Ich muß Beck schreiben.

Diese Straßenphotos brachten mich auf ein Gespräch, das ich mit Willi geführt hatte. Ich mußte wieder daran denken, als ich zum Palais de Chaillot fuhr, wo ich mit Daniel verabredet war.

Willi hatte gesagt, daß die auf dem Schulweg verbrachte Zeit ab dem Tag, an dem ein Kind alleine geht, unentbehrlich für das Lernen des Lebens ist.

Er erzählte gerne eine Geschichte, die seinem Sohn Maxime passiert war, als dieser in die Volksschule ging. Das war 1939. Maxime, damals neun Jahre alt, hatte eines Tages gehört, daß die Wirte der Cafés angehalten seien, jedem, der danach fragte, kostenlos ein Glas Wasser zu servieren. Deshalb machte er nach der Schule regelmäßig vor einem Café Halt – immer demselben –, setzte sich auf die Terrasse neben der Tür und bestellte ein Glas Wasser, das der amüsierte Kellner ihm bereitwillig brachte. Bis zu dem Tag, an dem bei Willi heftig an die Tür geklopft wurde. »Papa, mach schnell auf!« Es war sein Sohn, ganz rot im Gesicht und kleinlaut. »Ich hab meinen Ranzen im Bistrot vergessen!« Und während sie Seite an Seite die Straße entlanggelaufen waren, hatte Maxime ihm seine Bistrotgewohnheiten gestanden.

Der Ranzen lag noch immer unter dem Tisch, da, wo Maxime ihn hingelegt hatte.

»Sind Sie der Papa von Maxime?« hatte der Kellner Willi gefragt, der atemlos und verwirrt neben dem Tisch stand.

Willi hatte daraufhin zwei Gläser Limonade bestellt.

Er mußte häufig an diese Geschichte denken. Von dem Tag an, sagte er, habe er die Bedeutung des kostbaren Moments ermessen, in dem ein Kind nicht mehr in der Schule ist und noch nicht zu Hause und sich treiben lassen kann. Und auch, daß die kleinste Erfahrung zur Welterkenntnis beiträgt. Er stellte sich seinen Sohn im Café vor, wie er eine beschäftigte oder unbeteiligte Haltung einnimmt. Woran hat er bei seinem Glas Wasser gedacht? Vielleicht bestand für ihn die Freiheit einfach nur darin, es genau so zu machen wie die Großen. Sich Zeit zu lassen.

Als Willi mit seiner Geschichte fertig war, hatte er, wie zu sich selbst, hinzugefügt:

»Vielleicht sollten es Mann und Frau genauso machen. Ein bißchen allein leben, bevor sie sich verbinden. Denn auch dabei lernt man das Leben kennen, wie auf dem Schulweg.«

Im Palais de Chaillot habe ich Daniel getroffen. Dort sollte eine Aufführung spanischer Lieder und Tänze stattfinden, die das francistische Regime unterstützte. Wir hatten von Léva erfahren, daß während der Aufführung eine antifrancistische Demonstration stattfinden sollte, und wollten dabeisein. Wir hatten es Léva versprochen. Wie geplant wurde die Vorstellung mit den Rufen »Es lebe das republikanische Spanien! Franco ist ein Mörder!« unterbrochen, und Demonstranten warfen Flugschriften ins Publikum. Fünfzig von ihnen wurden festgenommen und ins Kommissariat des 16. Arrondissements gebracht. Auch Daniel.

Erst am nächsten Tag, nach einer Nacht auf der Polizeistation, konnte Daniel nach Andrésy zurückkehren. Ziemlich stolz, muß ich sagen, aber zum großen Ärger von Régine, die ihren freien Tag deswegen verschieben mußte. Léva dagegen hat Daniel in die Küche eingeladen, sich ihm gegenübergesetzt und ihm glücklich beim Essen zugesehen.

14

April 1952

Lieber Henri,

ich erzähle Dir den Anfang eines Films: Gleich im ersten Bild sieht man einen Typen namens Harpo, der sich gegen eine Wand lehnt. Ein Polizist findet ihn verdächtig, nähert sich ihm und spricht ihn an: »He, Sie da, Sie stützen wohl die Mauer?« Harpo gibt mit Gebärden zu verstehen, daß das stimmt. Der Polizist führt ihn daraufhin ab … und das Haus bricht zusammen.

Ich erkläre Dir später, wer Harpo ist, erst will ich Dir sagen, daß ich in unsere Straße zurückgekehrt bin. Ich sitze im Café an der Ecke der Passage Boiton. Bei Pernet. Jetzt heißt es Witwe Pernet. Das steht auf der Tür des Cafés: *Veuve Pernet.* Mit der Telefonnummer: GOB 27-86. Von hier aus schreibe ich Dir.

Seltsamerweise kommt es mir ganz natürlich vor, hier zu sein und Dir zu schreiben. Als ob die Spuren, die Du hinterlassen hast, mir das Recht gäben, zu schildern, was sich an Sichtbarem bewegt hat. Die Straße allerdings hat sich, wie mir scheint, nicht bewegt. Nur ein bißchen gezittert. Direkt gegenüber, in der 22, gibt es noch immer den Bäcker Hauer. Und den Farbenhändler direkt neben Pernet. Noyelle, der Schreibwarenhändler, bei dem wir die Bleisoldaten im Schaufenster angesehen haben, ist ebenfalls noch da. Ah, doch! In Nummer 4 gibt es eine wichtige Veränderung. Da ist jetzt ein Fahrradhändler. Er heißt Chopin.

Erst seit kurzem ist mir bewußt, wie nützlich diese

Erinnerungen sind. Erinnerungen an Orte, die mich mit Dir verbinden. So wie die Place Paul-Verlaine am Ende unserer Straße, ein Name, der für mich immer zunächst der Name eines Platzes bleiben wird, bevor er der eines Dichters ist. Und doch:

»Ich erinn're mich
der Zeit, die entwich…«

Nachher werde ich behutsam die Straße entlanggehen und instinktiv, davon bin ich überzeugt, die Stellen finden, an denen wir stehengeblieben sind. Laß mich in meinen Erinnerungen graben. Entlang der anderen Straße, die keinen Namen hatte und die zu den städtischen Duschen führte, wo wir sonntagmorgens hingegangen sind, verlief eine kleine schräge Mauer. Erinnerst Du Dich, auf dieser Mauer haben wir Heldentaten vollbracht, haben gewetteifert, wer am höchsten klettern kann, während sich abwechselnd einer von uns im Schwimmbad erkundigen mußte, welche Nummer dran war.

Nachher schaue ich auch beim Fahrradgeschäft vorbei. Denn Radrennen interessieren mich immer noch. Aber nicht Bahnrennen. Straßenrennen. Vor allem die Tour de France, ein Etappenrennen. Ein Rennen, bei dem man Bergpässe von über 2000 Meter Höhe überwindet und dann wieder bis auf Meereshöhe hinunterfährt. Wie viele nehmen an diesem Rennen teil, um zu gewinnen? Nur die größten Radrennfahrer schaffen das. Und doch nehmen jedes Jahr fast 130 Fahrer teil und fordern sich bis zum Äußersten. Ich will Dir eine Geschichte von der Tour de France erzählen, um Dir zu erklären, daß für viele zweitrangige Fahrer, die keine Aussicht auf den Gesamtsieg haben, schon ein Etappensieg ein Traum ist. So wie für den algerischen Rennfahrer Abd El Kader Zaaf. Das war vor zwei Jahren bei der Etappe Perpignan-Nîmes. Gleich am Anfang der Etappe reißt Zaaf aus. Das Hauptfeld reagiert nicht. Denn es herrscht eine drückende Hitze, und Zaaf gilt sowieso nicht als Gefahr. Er steht im Gesamtklassement zu weit hinten. Aber Zaaf will seinen Etappensieg in Nîmes. Er hat bereits mehrere Minuten Vorsprung. Und angefeuert von den Rufen der Zuschauer, tritt er und tritt und hat das Gefühl, Flügel zu haben. Aber es ist noch immer sehr heiß, und jemand reicht ihm (heimtückischerweise?) ein Glas mit leichtem, kühlem Landwein. Zaaf trinkt den Wein, den er nicht gewöhnt ist, in einem Zug. Und bald taumelt er und bricht zusammen. Man hebt ihn wieder in den Sattel, und er fährt wieder los. Nach ein paar hundert Metern bricht er nochmal zusammen. Auch da hebt man ihn wieder aufs Fahrrad, er taumelt, tritt verstört ein bißchen in die Pedale und schläft ein. Als man ihn aufweckt, fährt er wieder los, aber in die Gegenrichtung. Das Publikum am Straßenrand brüllt. Aber Zaaf versteht das nicht. Er hält es für Anfeuerungsrufe, bis er, direkt vor sich, eine Art Mauer sieht, die sich auf ihn zu bewegt. Es ist das Hauptfeld. Und Zaaf begreift noch immer nicht, er glaubt an ein regionales Radrennen, das in Gegenrichtung stattfindet, und wundert sich etwas, auch wenn alles für ihn verworren ist. Und die verdutzten Männer im Hauptfeld, die Zaaf auf sich zukommen sehen, begreifen genausowenig. An einer uralten Platane bleibt Zaaf schließlich hängen und schläft seinen Rausch aus. Die Tour 1950 ist für ihn zu Ende, aber er ist in die Annalen des Radsports eingegangen, dieser Passion, für die wir zum ersten Mal unser Viertel verlassen haben.

Von Chopin, dem Fahrradhändler, gehe ich dann am Schwimmbad vorbei die Rue Bobillot hinunter. Ich will wissen, was im Kino »Familial« läuft. Die Filme mit den

Marx Brothers laufen dort nicht. Im »Familial« gibt es die Filme nur in der französischen Fassung, und die Marx Brothers sollte man im Original sehen. Selbst Harpo, einen der drei Brüder, den, von dem ich Dir am Anfang dieses Briefs erzählt habe. Ich sage ›selbst Harpo‹, denn er spielt immer einen Stummen, obwohl er im richtigen Leben keineswegs stumm ist. Die Marx Brothers bringen mich zum Lachen, wie uns Laurel und Hardy zum Lachen gebracht haben. Darüber hinaus verbreiten sie eine Art Wahnsinn, man muß bei ihnen einfach auf alles gefaßt sein. Und tatsächlich passiert auch alles. Zu Harpo gibt es eine schöne Geschichte. Er heißt Harpo, weil er Harfe spielt. Er hat es sich ganz allein beigebracht. Eines Tages sieht er ein Bild, das einen Engel zeigt, der auf einer Wolke sitzt und Harfe spielt. Und da bemerkt er, daß der Engel die Harfe an seiner rechten Schulter aufstützt und nicht an der linken, wie er es immer macht. Das war seine einzige Harfenstunde, und sie war dem Zufall zu verdanken. So lehrt das Leben auch, wie man Musik macht.

Im Café Pernet, ganz in das Viertel hier eingetaucht, höre ich jetzt nur ein einziges Rauschen von Stimmen. Als ob ich mir nur noch merken würde, was ich mir merken möchte. Ich durchquere all die Jahre, die uns getrennt haben.

Ich sitze im Café, aber wer wartet hier auf mich? Ich bin hier und schreibe. Ja, ich werde Dir weiter schreiben, da Du anscheinend nur lebendig bist, weil ich noch lebe.

Das ist (ungefähr) das, was ich Dir sagen wollte. Aber ich weiß, daß Du über alles im Bilde bist, selbst wenn Du keine Zeit hattest zum Lernen.

Man hat uns gesagt: »Geh du in deiner Straße spielen!« und wir: »Die Straße ist für alle da!« Aber die Straße war nicht für alle da. Fremde anderswo und Fremde hier.

Ja, wir waren Fremde, aber wir waren aus dieser Straße.

Diese Straße, in der ich noch einen Augenblick verweile und versuche, in diesen ersten milden Apriltagen etwas Vertrautes, Brüderliches zu finden…

Joseph

15

Schließlich ist Mireille doch in Andrésy geblieben. Aber Blanche würde Andrésy verlassen. Bevor sie Betreuerin in Andrésy geworden war, hatte sie mehrere Jahre im Kinderheim von Arcueil verbracht.

Das Heim in Arcueil war kleiner, und es gab dort keinen Schloßpark wie hier, aber dafür war die Metro ganz nah. Das war übrigens der Grund, weshalb die größeren Mädchen dort wohnten, von denen manche bereits in Paris arbeiteten. Und dort würden wahrscheinlich auch Milena, Laura, Suzanne und ein paar andere nach den Sommerferien hinziehen.

Blanche würde Andrésy verlassen, um Nathan zu heiraten. Nathan, dessen Eltern ebenfalls nicht von der Deportation zurückgekehrt waren, hatte drei Jahre im Kinderheim von Montreuil verbracht. Genau wie Simon war er gegangen, sobald er seinen Lebensunterhalt selbst verdienen konnte. Er hatte eine Zeitlang als Verkäufer bei seinem Onkel gearbeitet, der ein Schuhgeschäft am Boulevard Magenta besaß.

Blanche und Nathan hatten sich ineinander verliebt, als sie noch ganz jung waren, aber Nathan hatte darauf bestanden, seinen Militärdienst abzuleisten, bevor sie heirateten.

Blanche nutzte die Zeit, während der sie Betreuerin war, um bei Willi Buchführung zu lernen.

Die Hochzeit wurde auf Samstag, den 3. Mai, festgelegt, und die Trauung sollte im Rathaus von Montreuil stattfinden. Und weil es die erste Hochzeit zwischen zwei ehemaligen Heimkindern war, hatte sie eine ganz besondere

Bedeutung. Das ist wahrscheinlich der Grund, weshalb auch die Kinder von Andrésy es ganz natürlich gefunden hatten, am Abend vor der Hochzeit das neue Leben zu feiern, das Blanche und Nathan beginnen wollten.

Man kann Blanche und Nathan nur wünschen, daß dieses neue Leben so wie jener Freitagabend wird.

Die Kinder – alle Kinder des Heims – hatten *Ma gosse, ma p'tite môme* gelernt, ein Lied, das Yves Montand gesungen hatte. Während die Kinder sangen, sah Blanche noch einmal den Konzertabend mit Yves Montand im Théâtre de l'Étoile vor sich, den Nathan ihr von seinem ersten Lohn geschenkt hatte. Das wußten die Kinder und deshalb sangen sie es.

»Ma môme ma p'tite gosse
On va faire la noce
J't'emmène en carrosse
Jusqu'à Robinson
Vas-y fais-toi belle
Sors tes ribambelles
De blanches dentelles
En point d'Alençon

Le soleil se bag'naude
Y'a des valses qui rôdent
Sur des airs d'amoureux,
J'en ai le cœur qui chavire
On n'a plus rien à s'dire
Viens, on va être heureux...«*

* »Meine Göre, mein kleines Mädchen / Wir halten Hochzeit / Ich nehm dich in der Karosse / mit zur Insel von Robinson / Auf, mach dich hübsch / nimm deine Bänder / aus weißer Spitze / von Alençon

Blanche hat das Taschentuch genommen, das Mireille ihr reichte.

Dann gab es den Kuchen, den Léva gebacken und mit einem Herz, einem großen B und einem großen N verziert hatte. Es gab noch andere Sachen, und dann ist Alex mit einer großen gerahmten Zeichnung gekommen, und alle sind still geworden, wie um ihn besser zu sehen. Alex hatte das Schloß von Andrésy gezeichnet und auf der Freitreppe einen Bräutigam in einem dunkelblauen Anzug und eine Braut in Weiß und lauter Kinder auf beiden Seiten des Brautpaars.

Wenn Blanche das Bild herumdreht, wird sie 118 Namen lesen können. Die Namen der 118 Kinder von Andrésy, die das junge Brautpaar auf dem Bild umgeben. Aber Blanche hat das Bild nicht umgedreht. Sie hat Alex nur sehr fest in die Arme geschlossen, weil es eine Zeichnung war, die einem Tränen in die Augen steigen läßt.

Das Brautkleid, das Blanche im Rathaus tragen wollte, war nicht aus Spitze wie in dem Lied von Yves Montand, und auch nicht weiß wie auf dem Bild von Alex. Es war ein kleines Frühlingskleid in einem sehr zarten Blau, das Mireille für sie genäht hatte.

Die Kinder hatten darauf bestanden, daß alle Betreuer an der Hochzeit teilnehmen sollten. »Man heiratet nur einmal«, hatten sie gesagt, sie fühlten sich so verantwortungsbewußt, daß sie schon alleine zurechtkämen. Auf Mireilles Bitte blieben daher nur Léva und Annette, die Krankenschwester, im Schloß.

Nachdem Blanche und Nathan auf die zweimal vom

Die Sonne macht einen Bummel / Walzer erklingen / nach der Musik der Verliebten. / Das Herz geht mir über / Wir müssen uns nichts mehr sagen / Komm, laß uns glücklich sein …«

Bürgermeister von Montreuil wiederholte Frage mit »Ja« geantwortet und jeder das Standesregister unterzeichnet hatte, gab es stürmische Umarmungen, in die sich ein paar Tränen mischten. Die Ehemaligen des Kinderheims von Montreuil und die Ehemaligen des Kinderheims von Arcueil waren zahlreich erschienen, als ob es bei dieser Hochzeit auch ein bißchen um ihr eigenes Glück ginge. »So ist das bei diesen Kindern«, hatte Willi gesagt.

Fest entschlossen, eine Zukunft zu bauen, die durch nichts zu zerstören oder zu gefährden sei, schien Nathan – stärker als Blanche – von Verantwortungsbewußtsein für seine neue Ehe erfüllt.

Ein Mann mit traurigem Gesicht, der, ein wenig im Hintergrund, sitzen geblieben war, schien sich dieser Versammlung, die ihre Freude so offen ausdrückte, nicht anschließen zu wollen. Da legte sich eine Hand auf seine Schulter. Es war die von Nathan, und der Mann war sein Onkel. Nathans Geste war besorgt und fragend zugleich. Welche Gefühle mochten Onkel und Neffe heimlich verbinden?

Mit sichtlicher Bewegung fielen sie einander in die Arme. Ich weiß nicht, ob sie miteinander gesprochen haben. Ihre Tränen waren vielleicht das Äußerste, was sie sich mitteilen konnten.

Fast zwei Jahre hatten sie nicht miteinander gesprochen. Als Nathan noch Verkäufer bei seinem Onkel war, hatte er es übernommen, einmal im Monat das Schaufenster des Schuhgeschäfts neu zu dekorieren. Das geschah meistens montags, wenn der Laden geschlossen war.

Nathan spielte mit Moden und Jahreszeiten und verwandte große Sorgfalt, fast Raffinesse auf diese Arbeit, bei der er sehr viel mehr Freude empfand als beim Verkaufen der Schuhe. So sah man ihn nicht selten bis mitten in der Nacht auf allen Vieren im Schaufenster herumkriechen. Wenn er schließlich das Licht im Laden ausgemacht hatte, ging er gerne zu Fuß nach Hause in seine kleine Wohnung in der Rue Amelot. Sein Onkel, der sich seit einigen Jahren für das Alleinsein entschieden hatte, entdeckte dann am Dienstagmorgen, wie man sich vorstellen kann, mit Stolz und Befriedigung das Ergebnis von Nathans Einfallsreichtum. An diesen Tagen, an denen Nathan etwas später kam, verließ Monsieur Gutkind – so hieß der Onkel – kurz den Laden und kam mit einem Tablett mit Croissants und zwei dampfenden Kaffeetassen zurück.

Bis zu jenem Morgen, an dem sich Monsieur Gutkind – nach einem ersten Blick – an die Wand seines Geschäftes lehnen mußte. Was er in seinem Schaufenster entdeckt hatte, erschien ihm undenkbar, unmöglich, fast unwirklich. Wie auf den 1945 in Auschwitz aufgenommenen Photos befand sich dort, in seinem Schaufenster am Boulevard Magenta, ein Berg von Schuhen.

Hunderte von Paaren waren aufgetürmt, die zu nichts anderem mehr dienten als dazu, sich zu erinnern. Herrenschuhe, Damenschuhe und Kinderschuhe waren in einem wahrscheinlich wohlüberlegten Chaos übereinandergeschichtet. Modelle, Größen, Farben wild durcheinander. Bei den meisten waren die Schnürsenkel entfernt worden. Nathan hatte die Arbeit mit einer unglaublichen, quälenden Sorgfalt ausgeführt.

Monsieur Gutkind sah das Desaster an, ohne etwas zu verstehen. Das Kind seines Bruders hatte den Tod in seinem Laden deponiert.

Als Nathan sich aus dem Sessel erhob, in dem er eingeschlafen war, und an ihm vorbeiging, wechselten sie kein Wort. Nathans Onkel versuchte nicht, das Geschehene zu deuten. Er sah nur einen Haufen Schuhe in seinem Schaufenster, über den sich das Bild seines deportierten Bruders legte, und er war entsetzt, vernichtet. Er verstand noch immer nicht, warum Nathan, sein Neffe, ihm das angetan hatte. Und er hatte Angst bekommen.

Wie lange verharrte er in diesem Zustand, ohne zu begreifen? Man weiß nur, daß das Geschäft mehrere Tage lang geschlossen blieb.

Erst als ein Schaufensterdekorateur gekommen war, um Ordnung im Laden zu schaffen, und sorgfältig jedes wieder mit Schnürsenkeln versehene Paar Schuhe in die jeweilige Schachtel gelegt und schließlich gefragt hatte, was er mit dem gebrauchten Paar Herrenschuhe machen solle, das er unter dem Haufen im Schaufenster gefunden habe, begann Monsieur Gutkind allmählich zu begreifen.

Wie so viele andere war Nathan nach der Befreiung Tag für Tag im Hotel Lutétia gewesen, um auf eine Rückkehr zu warten. Wie so viele andere hatte er sich die Listen angesehen und hartnäckig wieder und wieder die Namen derer durchforscht, die zurückkommen würden. Aber nie stand der Name, den er trug, darauf. Und dann gab es eines Tages keine Listen mehr. Es gab nur noch die Erinnerung an die in den Zeitungen oder in einer Ausstellung über die Konzentrationslager gesehenen Photographien.

In dem, was Nathan getan hatte, lag nicht die Spur einer Anklage. Und trotz der Aggressivität war es auch kein Akt der Rebellion. Nathan war getrieben von einer Notwendigkeit, überwältigt von der anhaltenden Erinnerung an diese Photographien, und so hatten die Schuhe im Laden am Boulevard Magenta ihm an jenem Montag abend in den Händen gebrannt.

»Erinnere dich deines Lebens«, hatte ihm sein Onkel

gesagt. »Das ist das beste, was du für Deine Zukunft tun kannst.«

Das hatte er getan. Er hatte sich seines Lebens erinnert.

Und in Strümpfen war Nathan am frühen Morgen nach Hause gegangen.

Ein gemeinsames Arbeitsleben hatte Onkel und Neffen schützen sollen. Es hatte den Verletzungen nicht standgehalten und war schon in den ersten Anfängen an dem Schaufenster des Schuhgeschäfts zerbrochen, das zum Ausstellungsort geworden war.

Als Trauzeugen hatte Blanche sich Thérèse ausgesucht, die Direktorin des Heims von Arcueil, und Nathan Michel, den Direktor des Heims von Montreuil.

Michel besuchte regelmäßig die Chefs jener Jugendlichen, die eine Anstellung gefunden hatten. Und auch die Schuldirektoren der wenigen, die ihre Ausbildung fortsetzten.

»Das muß ich für die Chefs und für die Jungen tun«, hatte er mir eines Tages erklärt. »Nicht um sie zu kontrollieren, natürlich, aber um manchmal auf einen Appell zu reagieren. Vor allem, damit beide Seiten wissen, daß diese Jungen nicht allein sind, daß sie einen Ort im Leben haben. Die Chefs sollen wissen, daß es irgendwo eine Art Autorität gibt, an die sie sich im Zweifelsfall wenden können. Und die Jungen müssen wissen, daß sie außer einem Arbeitsplatz auch ein Zuhause haben. Ein Haus, in dem alles, was sie anfassen, auch ihnen gehört, auch wenn es nicht das Haus ist, in dem sie geboren wurden. Wenn sie weggehen, wenn sie ihre eigene Wohnung haben, lasse ich ihnen den Schlüssel des Heims von Montreuil, damit sie wissen, daß ihr Zuhause auch dort ist, daß dieses Haus nicht nur ein Zufluchtsort ist. So als ob man ihnen sagen würde: ›Du gehst weg, aber denk dran, wir sind da.‹ Denn ich bin fest davon überzeugt, daß sie füreinander sehr wichtig sind, vielleicht das Wichtigste, etwas, worauf sie sich verlassen können. Natürlich ist das ein bißchen zu einfach, und man erlebt auch seine Überraschungen. Mir ist zum Beispiel schon passiert, daß ich ganz arglos bei einem Chef aufgekreuzt bin, um zu sehen, wie es steht und ob alles gut läuft, und erfahren habe, daß der Junge bereits vor mehr als einem Monat die Stelle verlassen hat. Am Anfang hat mich das beunruhigt, dann habe ich die Vorstellung akzeptiert, daß die Dinge eben so geschehen.«

Auf diese Weise hatte Michel auch eines Tages erfahren, daß Nathan nicht mehr bei seinem Onkel arbeitete.

Nathan war Schreibmaschinenmechaniker geworden, das wußten wir alle. Was wir nicht wußten, war, wie er diesen Beruf erlernt hatte. Alles, was wir sagen konnten, denn auch das lernt man, war, daß das Leben mehr Erfahrung bereithielt als wir hatten.

Nathan hatte es geschafft, in einem großen Geschäft am Boulevard Beaumarchais eingestellt zu werden, einem Fachgeschäft für Japy-Maschinen, in dem es aber noch eine Abteilung für die Wartung und Reparatur der alten Remingtons gab.

Jeden Morgen gab der Chef ihm eine Liste. »Da mußt du heute hingehen, Nathan.« Und Nathan zog mit einem Köfferchen durch Paris. Da er rasch ein Experte für die alten Maschinen geworden war, war er sehr gefragt. Auf diese Weise lernte er auch die Champs-Elysées kennen, wo es zahlreiche Büros gibt. In einem dieser Büros hingen die Wände voll mit Kinoplakaten, weil es einem Filmproduzenten gehörte. Davon abgesehen war es ein Büro wie alle anderen mit Sekretärinnen und einem Buchhalter.

Eines Tages, als Nathan mit seinem Köfferchen dort ankam – diese Geschichte hat er Simon, mit dem er eng befreundet war, erzählt –, saß da, vor seinen Augen, in Fleisch und Blut, der Schauspieler Rellys auf einem Sessel im Wartezimmer. Und Rellys hat »Guten Tag, Monsieur« zu ihm gesagt. Nathan ist nicht lange im Büro der Sekretärinnen geblieben: Gerade so lange, wie er brauchte, um sein Köfferchen abzusetzen, sein Jackett aus- und wieder anzuziehen. Er ist in das Wartezimmer zurückgegangen, hat tief Luft geholt und zu Rellys gesagt: »Sie dürfen mich nicht Monsieur nennen.« Und dann hat er, ohne Atem zu holen, weitergeredet:

»Also. Ich würde gern versuchen, Ihnen zu erklären, warum Sie mich nicht Monsieur nennen dürfen. Denn während des Krieges, da war ich mehr als zwei Jahre lang nicht im Kino. Ich war nicht im Kino, weil ich Jude bin und das Kino für Juden verboten war. Aber vorher, bevor es verboten war, da habe ich als letzten Film *Narcisse* gesehen, in dem Sie mitspielen. Und ich habe noch nie so gelacht im Kino. Diesen Film habe ich zwei Jahre lang erzählt. Ich kenne ihn sogar auswendig, so häufig habe ich ihn erzählt. Während des Krieges war ich unter falschem Namen in einem Internat, und abends im Schlafsaal habe ich die anderen mit Ihrem Film zum Lachen gebracht. Vor allem mit der Szene, wo Sie im Bett des Hauptfeldwebels liegen und eine Feder aus dem Kopfkissen über Ihrem Mund schwebt, während Sie schnarchen. Und auch die Szene, wo Sie beide nebeneinander frühstücken, ohne zu merken, daß Sie im selben Bett liegen. Dank Ihnen war ich im Internat ein Star, und dank Ihnen hat mir auch das Kino während des Krieges nicht gefehlt. Das wollte ich Ihnen sagen. Und das ist auch der Grund, weshalb Sie mich nicht Monsieur nennen dürfen. Weil es unglaublich ist, daß ich hier vor Ihnen stehe, und weil ich vor Ihnen noch immer ein zehnjähriger Junge bin.«

Während all dieser Zeit hatte Rellys nichts gesagt, aber vielleicht hätte er etwas gesagt, wenn die Sekretärin nicht gekommen wäre, um ihm Bescheid zu geben, daß der Produzent, mit dem er verabredet war, ihn in seinem Büro erwarte. Also hat Rellys seine Schirmmütze genommen, die neben ihm lag, und hat einen Schritt in Richtung Büro gemacht. Aber fast sofort hat er sich nochmal umgedreht.

»Wie heißen Sie?« hat Rellys Nathan gefragt.

»Nathan.«

»Nathan?... Danke, Monsieur Nathan.« Und er hat ihm die Hand gedrückt.

Da Nathan seinem Onkel die Hochzeit angekündigt hatte, ist er natürlich gekommen. Vielleicht hätte man diesen Haufen Schuhe in einem Schaufenster sehen müssen, um den Kummer zu ermessen, der einem Kind zugefügt worden war.

Monsieur Gutkind, eine kleine, gebeugte Gestalt, die Nathan an sich gedrückt hatte, wandte sich dann Blanche zu, die ihre Rührung ebenfalls nicht mehr verbergen konnte. Mit einer Bewegung, die er gern diskreter ausgeführt hätte, zog er einen Umschlag aus der Tasche und streckte ihn der hin, die gerade die Frau seines Neffen geworden war. Schließlich schloß er sie in die Arme und beteuerte sein Glück.

Danach mußte für ein anderes Brautpaar Platz gemacht werden, und wir haben alle die Metro genommen.

Die Feier fand im großen Saal in der ersten Etage im Gebäude C der UJRE statt. Und es wurde eine fast normale Hochzeit, mit Geschenken, Tangotanzen und Kuchen, und jeder wünschte sich für das junge Paar viele Jahre reinen Glücks.

Und als Nathan Blanche um die Taille faßte und sie

allein vor allen Hochzeitsgästen tanzten und sich in die Augen schauten, konnte man deutlich erkennen, daß sie versuchen würden, die Last der Welt zu vergessen. In diesem Augenblick ist Simon mit einem Hochzeitsgeschenk gekommen, einem frisch gestrichenen Gartenstuhl. Er hatte ihn eines Abends aus dem Square du Temple geklaut. »Falls es uns eines Tages wieder verboten werden sollte, die ›öffentlichen Anlagen‹ zu betreten«, hat Simon zu dem Brautpaar gesagt, »haben wir so immer noch bei euch einen Platz.«

16

Jemand spielt im Schloß eine traurige Melodie auf dem Akkordeon. Es ist sehr spät. Willi ist in seinem Zimmer, und er ist es, der spielt. Er spielt *Vous êtes tombés pour tous ceux qui ont faim.**

Woher kam bei Willi all diese Traurigkeit? Als das Akkordeon verstummt ist, habe ich einen Augenblick gewartet und dann an seine Tür geklopft.

Warum hatte ich Willis Zimmer noch nie so richtig gesehen? Ich spreche von den Möbeln und den Gegenständen: Ein Einzelbett wie überall im Schloß. An den Wänden Bilder und viele Bücher. Noch ein paar Bücher auf dem kleinen Nachttisch. Ein größerer Tisch, bedeckt mit Papieren. Und neben dem Stuhl, auf dem er saß, ein zweiter für Besuch.

Da ich von Willi gelernt hatte, daß Schweigen manchmal an die Stelle von Fragen tritt, habe ich, ohne etwas zu sagen, Platz genommen, als er mich dazu aufforderte. Er hatte das Akkordeon noch auf den Knien und die Arme darum gelegt.

»Erinnerst du dich, Joseph, wie gerührt du warst, als Mireille dir erzählt hat, daß es das Lachen eines schlafenden Kindes war, was sie hier zum ersten Mal zum Weinen gebracht hat? Ich habe häufig daran gedacht, wie du sicher auch, weil dieses durch einen Traum ausgelöste Lachen ein solch unabsichtlicher Augenblick des Glücks ist und das

* *»Ihr seid gestorben für all die Hungrigen«.*

genaue Gegenteil vom einsamen Weinen eines Kindes. Das Kind, das allein weint, weint nur für sich. Wenn sich ein Kind wehtut, zum Beispiel wenn es hinfällt, dann hält es seine Tränen häufig zurück. Es steht auf und rennt zu jemandem, der es beruhigt, damit es endlich weinen und seinen Kummer loswerden kann. Dieses Kind kann man trösten. Dazu ist es hergekommen. Aber das Kind, das für sich weint, für sich allein, hat niemanden, der es tröstet. Es rechnet mit niemandem. Davor habe ich hier am meisten Angst. Wenn ein Kind sich so verhält, habe ich das immer als etwas empfunden, das einem Selbstmord ähnelt, so wie wenn man sich umbringt, ohne einen Abschiedsbrief zu hinterlassen. Ein Kind hinterläßt keinen Brief. Es hinterläßt nur seine Erinnerung. Nur die Erwachsenen hinterlassen, manchmal, ein paar Zeilen.«

Willi hatte das alles fast ohne Pause gesagt, und ich verstand nichts von dem, was er mir erzählte. Ich sah überhaupt nicht, worauf er hinauswollte. Aber ich wartete.

Er hat sein Akkordeon auf den Boden neben sich gestellt. Dann hat er die Blätter angesehen, die auf dem Tisch lagen. Behutsam hat er seine Hand daraufgelegt.

»Ich habe einen Brief aus Berlin bekommen«, hat Willi gesagt. »Ein Freund ist gestorben. Er hat sich umgebracht; er ist aus dem Fenster gesprungen. Seine Frau hat mir geschrieben. Er hat nur einen kurzen Satz hinterlassen: ›Ich habe genug gelacht.‹ Dann hat er das Wort ›gelacht‹ durchgestrichen und es durch das Wort ›gelebt‹ ersetzt. ›Ich habe genug gelebt.‹ Das ist alles, was er geschrieben hat. ›Ich habe genug gelebt‹ ist seine letzte Botschaft.«

»›Ich habe genug gelebt‹? Ist das eine Botschaft? Was soll das für eine Botschaft sein?«

»Ich weiß es nicht. Ich weiß es noch nicht. Seine Frau hat mir nicht mehr gesagt. Vielleicht dachte Ernst, daß er der Welt nichts mehr entgegenzusetzen habe. Deshalb habe ich vorhin mein Akkordeon genommen und dieses Stück gespielt, das für uns mehr war als ein Lied. Es ist etwas, was wir lange gemeinsam hatten.«

»Ist Ernst derjenige, der dir das Buch mit Kafkas Briefen an Milena geschickt hat?«

»Das weißt du noch? Ja, das ist er. Bücher zu schicken war für ihn eine Art, sich mitzuteilen. Dabei schrieb er selbst. Nicht um zu veröffentlichen, einfach so, Notizen, Betrachtungen, Gedanken. Er hat mir vor ein paar Jahren einige davon geschickt, und um mich ein bißchen von der Buchhaltung abzulenken und um mein Französisch zu verbessern, habe ich mich daran gemacht, ein paar von seinen Texten zu übersetzen, die mir aus diesem oder jenem Grund gefallen oder mich gerührt haben. Das sind die Blätter, die du hier siehst. Ich habe vorhin nach einem kurzen Text gesucht, der mich damals schon irritiert hatte. Ich lese ihn dir lieber vor, weil meine Schrift noch deutsch geblieben ist:

›Wenn Du siehst, wie er sich dem Ordnen seiner Papiere, seiner Schriften widmet, wenn Du siehst, wie er alte Familienphotos datiert und aufräumt, und wenn er es so gewissenhaft und genau wie möglich tut, dann besteht Anlaß zur Sorge: In seinem Willen, etwas überleben zu lassen, ein paar Zeichen zu hinterlassen, muß man ganz einfach die Präsenz des Todes sehen, den er, unbewußt vielleicht, gerufen hat.‹

Siehst du, Joseph, ich war nur irritiert, wo doch Anlaß zur Sorge bestanden hätte. Dabei war es doch klar. Er hat es deutlich gesagt. Was zeigt, wieviel man von einem Menschen lernen kann, der beschlossen hat zu sterben.«

»Und was gibt es in diesem Fall zu lernen?«

»Ich weiß es nicht, ich war nicht in seiner Nähe, als es passiert ist. Das ist die Entschuldigung, die ich für mich habe. Aber trotz aller Entschuldigungen macht man sich Vorwürfe.«

Willi schwieg. Dann fügte er hinzu, Ernst habe vielleicht nicht warten wollen, bis es zu spät zum Sterben war, und da das Schweigen andauerte und er die beschriebenen Blätter betrachtete, habe ich ihn gefragt, wie lange sie sich gekannt hatten.

»Wir haben beide vor '33 in Berlin gewohnt, sind uns aber nie begegnet. Und merkwürdigerweise auch in Paris nicht, als wir vor den Nazis geflohen waren. Genauer gesagt, sind wir uns im *Comité national de secours au réfugiés** begegnet oder im fünften Stock der Präfektur, wo wir unsere Aufenthaltsgenehmigung verlängern ließen, aber erst in Spanien sind wir Freunde geworden. Bei den Internationalen Brigaden. Als man dort nichts mehr ausrichten konnte, sind wir nach Frankreich zurückgekehrt, Deutschland kam für uns nicht mehr in Frage. Ernst, der nur eine Ausbildung als Jurist hatte, ging von Tür zu Tür und verkaufte Krawatten, um zu überleben. Das heißt, er kam häufig zu uns zum Abendessen, um so mehr, als er noch nicht verheiratet war. Er hat erst 1946 in Deutschland geheiratet. In Ostdeutschland, wo er als Jurist und auch wegen seiner Vergangenheit als politischer Aktivist einen wichtigen Posten hatte. Ich erinnere mich, daß wir uns alle bei unserer Rückkehr aus Spanien, 1938, das heißt die, die zurückgekommen sind, Juden aus Deutschland und antifaschistische Kämpfer, bei einem Zeltlager in Bonneuil wiedergesehen haben.«

»In Bonneuil? Da war ich doch auch!«

»Da warst du? Wie alt warst du denn damals?«

»1938 war ich sechs. Das ist doch unglaublich! Es war mein erstes Zeltlager.«

* Nationales Komitee für Flüchtlingshilfe

»Und daran erinnerst du dich noch?«

»Na klar. Vor allem an das riesige runde Zelt, genau wie die, die hier in Andrésy standen, als das Schloß ausschließlich Ferienkolonie war. Wir haben alle nebeneinander geschlafen, Erwachsene und Kinder. Ich erinnere mich auch noch an ein ganz besonderes Lagerfeuer, auch das erste meines Lebens. Seitdem habe ich andere gesehen und selbst welche gemacht, manchmal riesig große und vielleicht genauso schöne, aber kein einziges kam mir später so besonders vor. Aber was mir in Verbindung mit dem Feuer am lebhaftesten im Gedächtnis geblieben ist, sind die Lieder. Ich erinnere mich an die Andacht und die Ergriffenheit, die sie hervorriefen, und an das Akkordeon, das sie begleitete.«

»Joseph, dann kennen wir uns also schon seit vierzehn Jahren: Der Akkordeonspieler war ich.«

»Du? Dann warst du auch in dem großen Zelt?«

»Nein, ich war mit meiner Frau und meinem Sohn in einem Einzelzelt. Mit meinem Sohn, der übrigens genauso alt ist wie du.«

Ich habe in dem Moment nicht besonders auf die Bedeutung geachtet, die diese Feststellung für Willi hatte – das gemeinsame Alter von seinem Sohn und mir – und die, ohne daß ich mir dessen bewußt gewesen wäre, einiges erklärte: jene Gesichter, die auftauchten und ohne ersichtliche Chronologie aufeinander folgten, jene Geschichten, die sich miteinander verbanden, manchmal bedrückende Erinnerungen, die zu erzählen seinen Schmerz zu lindern schien. Mir kam vor allem wieder in Erinnerung, daß ich, in jenem großen Zelt in Bonneuil, sicher zum ersten Mal in meinem Leben das Gefühl hatte, zur Welt der Erwachsenen zu gehören.

»Was hat dich zum Akkordeonspielen gebracht?«

»Ich weiß es nicht genau. Oder vielleicht doch, ich glaube, ich weiß es. In Deutschland hat man in den zwanziger Jahren häufig Zeltlager veranstaltet, Jungen und Mädchen zusammen, und da gab es auch schon die Lieder. Und dann, vielleicht, weil die Firma Hohner im Schwarzwald saß, war Mundharmonikaspielen eine Art Mode bei den Jungen. Man hatte den Rucksack auf dem Rücken und die Mundharmonika in der Tasche. Eines Tages habe ich ein gebrauchtes Akkordeon gekauft, vielleicht, um mich von den anderen zu unterscheiden, ja, sicher auch deswegen, vor allem um die Mädchen zu beeindrucken, und wenn das Instrument auch schwerer zu tragen war, konnte man doch damit zelten gehen. So hat das angefangen. Aber ich habe nur als Amateur gespielt, weil meine Eltern trotz meiner Wünsche darauf bestanden, daß ich einen ›richtigen Beruf‹ lernen sollte. Also habe ich Buchhaltung gelernt. Da mein Vater immer Schneider war, schon in Polen, war Buchhalter für sie ein richtiger gesellschaftlicher Aufstieg.«

»Und du hast es geschafft, dein Akkordeon mit nach Frankreich zu nehmen?«

»Das war nicht das Akkordeon hier. Das habe ich von Médard Ferrero gekauft. Ja, ich bin mit meinem Akkordeon damals nach Frankreich gekommen. Das war schwierig, denn aufgrund der Umstände mußten wir viele Sachen in Deutschland zurücklassen, aber da ich nicht recht wußte, was uns erwartete, kam es für mich nicht in Frage, ohne Akkordeon zu gehen.«

»Wer ist Médard Ferrero?«

»Den kennst du nicht? Das ist der Größte. Jedenfalls einer der größten. Ich habe ihn 1929 bei einem Ball zum 14. Juli kennengelernt.«

»1929? Aber ich dachte, du seist erst '33 nach Frankreich gekommen?«

»Ja, das stimmt, aber das erste Mal schon 1929. Also gut«, hat Willi gesagt, »wenn wir nun schon mal damit angefangen haben, einen Teil der Nacht mit Schwatzen zu verbringen, gehe ich runter und hole uns was zu trinken, wenn es dir recht ist. Zur Gesellschaft.«

»Eine Flasche ›Neinziger‹?«

»Nein, dem ›Neinziger‹ sind wir nicht gewachsen. Außerdem befindet sich der Vorrat Neinziger im Zimmer von Boris. Das ist also ausgeschlossen. Nein, ich werde mir was aus Lévas Vorrat pumpen. Du hast doch nichts gegen Portwein?«

»Nein, den hab ich schon getrunken. Der ist nicht zu stark.«

»Sehr gut, ich komm gleich wieder.«

Willis Schritte entfernten sich langsam. Im Schloß wurde es still. Nur noch das Rauschen des Regens war zu hören.

Ich habe versucht, mir vorzustellen, wie es weiterging: Deutschland, das Akkordeon, Ernst und die gestorbenen Freunde, die Internationalen Brigaden ... Dann wurde mir bewußt, daß dies alles allmählich *meine* Vorstellungen wurden, daß das nicht mehr Willis Geschichte war. Ich öffnete die Augen. Eines der Bilder an der Wand, direkt hinter dem Platz, an dem Willi gesessen hatte, zog meine Aufmerksamkeit auf sich. Es war eine Art Farbenmosaik. Es waren nichts weiter als geometrische Variationen, und doch hatte ich das Gefühl, es stelle etwas dar. Als ob diese Variationen Facetten von Willi enthüllten, die ich nicht kannte. Ich bin aufgestanden, um mir die Signatur anzusehen, die sich in einer der geometrischen Flächen befand, und war noch ganz damit beschäftigt, als Willi mit einer Flasche und zwei Gläsern zurückkam.

»Wer ist O.F.?« habe ich Willi gefragt.

»Das ist Freundlich. Otto Freundlich. Das ist eine Gouache auf Karton. Ich habe sie ihm vor dem Krieg abgekauft. Es war eine schwierige Zeit für ihn.«

»Was ist aus ihm geworden?«

»Freundlich? Tot ist er geworden. 1943, im Lager Majdanek.«

Willi hat unsere Gläser mit Portwein gefüllt.

»Wir machen da weiter, wo wir stehengeblieben sind«, hat er gesagt, während er seinen Stuhl an den Tisch zog. »Von Freundlich reden wir später.« Und tatsächlich nahm er seine Erzählung genau da wieder auf, wo er sie unterbrochen hatte, in demselben sachlichen Ton, der ihn vor seinem Kummer zu schützen schien.

»Es war also 1929, im Juli 1929, und ich war nach Paris gekommen, um dort meine Ferien zu verbringen und die Sprache zu lernen. Wie gewöhnlich gab es in Paris am 14. Juli überall kleine Tanzveranstaltungen. Ich hatte erfahren, daß ein guter Akkordeonspieler bei einem Ball auf der Ile Saint-Louis spielen würde. Dort habe ich Rosa kennengelernt. Als erstes hörte ich ihre Stimme. Eine glückliche Stimme. Eine glückliche Stimme mit Akzent. Es war die Stimme eines entzückenden jungen Mädchens, das mit ein paar Freunden hergekommen war. Plötzlich war mein sehr unsicheres Französisch kein Handikap mehr, und ich habe sie zum Tanz aufgefordert. Und da ich zum Glück ein ganz guter Tänzer bin, tanzten wir bis zum Morgen. Wir haben uns bis zu meiner Abfahrt jeden Tag wiedergesehen. Das ganze Jahr über haben wir uns geschrieben, und als ich im darauffolgenden Sommer wiederkam, haben wir geheiratet, und ich habe Rosa nach Deutschland mitgenommen. Ein Jahr später wurde unser Sohn geboren, und 1933, als Hitler an die Macht kam, sind wir endgültig wieder nach Frankreich gegangen.«

Willi beschränkte sich darauf, diese wichtigen Ereignisse nur flüchtig zu streifen. Vielleicht erzählte er nur die Dinge, von denen er annahm, sie interessierten mich? Und doch hielt er bisweilen einen kurzen Moment inne, mit der Andeutung eines Lächelns, und dann merkte man, daß er sich auch an die kleinsten Details dieser Geschichte erinnerte, die tief in ihm verschlossen war.

»Eines Tages«, fuhr Willi fort, »gehe ich mit Rosa ins Kino, in einen Film, der ausgerechnet *14. Juli* heißt. Es gab damals so etwas wie ›die Attraktionen‹, so nannte man das. In dem Fall war das ein Akkordeonspieler, der die beliebtesten Schlager spielte. Während der Reklame gehe ich zu ihm hinter die Kulissen und frage ihn, ob er Médard Ferrero kennt – das war der Akkordeonspieler von der Ile Saint-Louis –, und allein bei diesem Namen fangen seine Augen an zu leuchten. Ich frage ihn weiter, wo man ihn finden kann, und er nennt mir ein Bistrot, ›Le Bar des vedettes‹, im Faubourg Saint-Martin. Dort trafen sich alle berühmten Akkordeonspieler abends nach ihrem Auftritt. Alle gingen sie dorthin: Ferrero, Deprince, Marceau, Emile Vacher, damals das große Vorbild für alle, und noch andere, Léon Raiter oder Louis Péguri. Ich habe also Médard Ferrero wiedergesehen und ihn gefragt, ob er einverstanden wäre, mir Akkordeonstunden zu geben, weil er nicht nur den Ruf hatte, der beste Spieler zu sein, sondern auch ein großer Lehrer. Meine Bitte hat ihn überrascht, weil wir gleich alt waren. Normalerweise beginnt man ganz jung, manche sind erst fünf, und wenn sie mit dem Akkordeon auf den Knien dasitzen, sieht man mit Ach und Krach ihre Augen. Ich hatte das Gefühl, er würde nein sagen, denn er war auf das Geld nicht angewiesen. Dann hat er gemerkt, daß ich kein Franzose war, und ich habe ihm die Geschichte von dem Ball am 14. Juli, der Hochzeit und der Flucht aus

Deutschland erzählt. Da hat er eingewilligt, mir vier Stunden zu geben. Er hat gesagt: ›Das mache ich immer so, die, die nicht vorankommen oder nicht begabt sind, gehen dann wieder.‹ Ich habe meine vier Stunden genommen, und wie viele andere bin ich dann wieder gegangen. Aber aus anderen Gründen. Ich hatte eine Familie zu ernähren und bin tagsüber von einer Stelle zur nächsten gerannt, um Buchhaltung zu machen, die Musik kam erst danach. Außerdem ist Ferrero ein Purist, ein wahnsinniger Perfektionist. Es konnte mit uns beiden also nicht funktionieren. Aber da er ein gutes Herz hatte, riet er mir, am Freitagabend in ›La Renaissance‹ zu gehen. Das war eine Bar direkt neben dem Theater, der Treffpunkt der Musiker, die sich gegenseitig Auftritte zuschusterten. Auf diese Weise bin ich ein paar Mal im ›Bal des Gravilliers‹ oder im ›Tango‹ in der Rue au Maire eingesprungen. Aber ich habe bald aufgehört, weil ich gespürt habe, daß ich nicht viel weiter kommen würde. Es gab so viele andere, die begabter waren als ich, und jüngere, die ebenfalls Arbeit suchten. Das hat mich entmutigt, und ich habe nicht mehr Akkordeon gespielt außer für mich. Aber ich habe den Kontakt nicht ganz verloren. Médard Ferrero, der mich, glaube ich, mochte, hat dafür gesorgt, daß ich als Buchhalter bei Fratelli Crosio in der Rue René-Boulanger anfangen konnte, neben dem ›Balthazar‹, da, wo Deprince lange gespielt hat. Und dort bekam ich endlich einen regelmäßigen Lohn. Da staunst du, Joseph, nicht wahr, daß ich Musette gespielt habe, wo du doch nur Jazz magst«, bemerkte Willi, während er sich noch ein Glas einschenkte. »Obwohl – du begeisterst dich ja auch für Radsport und hast sicher bemerkt, daß das Rad und das Akkordeon immer gut zusammengepaßt haben.«

»Das stimmt, ich habe Photos gesehen. Aber ich habe mir diese Frage nie gestellt, weil ich im Radio nie auf das

Akkordeon höre, sondern auf die Ereignisse der Tour und die Ergebnisse.«

»Vielleicht liegt es daran, daß beides populäre Phänomene sind. Ich meine damit, daß die, die Radrennen fahren, und die, die Akkordeon spielen, im allgemeinen aus demselben Milieu kommen. Ich kann mir das nicht anders erklären. Ich weiß wohl, daß das Akkordeon einen schlechten Ruf hat, aber trotzdem bin ich überzeugt, daß, ganz egal, wie sich die Musik entwickelt, dieses Instrument immer dabei sein wird, weil schon vor dem Krieg einige sehr gute Akkordeonspieler das Instrument weiterentwickelt haben. Sie lösten sich vom traditionellen Vibrato und wandten sich den klaren Klängen zu. Sie waren es übrigens auch, die erstmals Zigeunergitarristen in ihre Orchester aufnahmen.«

»Du meinst Gitarristen wie Django Reinhardt?«

»Sehr wahrscheinlich, bei ihm weiß ich es nicht genau. Hör sie dir gelegentlich an, so Leute wie Gus Viseur, der ebenfalls mit Médard Ferrero angefangen hat. Oder Tony Murena. Wenn Murena *Indifférence* spielt, wagst du es nicht mehr, deine Hände aus den Taschen zu nehmen, außer um zu applaudieren. Oder Jo Privat. Ich habe ihn zufällig vor einiger Zeit im Radio gehört, und ich glaube wirklich, der Mann hat Genie.«

»Verfolgst du das noch richtig?«

»Nein, nein, auch das sind alte Erinnerungen... So wie das Bild hinter mir, das du dir vorhin angesehen hast. Übrigens ist es sonderbar, daß du dich dafür interessiert hast, als ich gerade anfing, von meinem Leben vor '33 zu erzählen. Freundlich kam auch aus Deutschland.«

»Wegen Hitler?«

»Nein, sehr viel früher. Das erste Mal um 1910, wenn ich mich recht erinnere. Wie viele andere Maler ist er durch ich weiß nicht welchen Zufall im Bateau-Lavoir auf Montmartre gelandet. Dort lernte er Picasso, Braque und all die anderen kennen, die gerade die Malerei revolutionierten.«

»Wie alt war er da?«

»Um die dreißig, wie die anderen. Ich habe ihn kaum gekannt, wir haben nur ein paarmal kurz miteinander geschwatzt. Ich weiß, daß er 1938 schon weiße Haare hatte. Es ist seltsam, erst jetzt erinnere ich mich daran, daß er mir bei unserer ersten Begegnung erzählte, er habe sein Atelier im Bateau-Lavoir bekommen, weil ein anderer deutscher Maler sich gerade umgebracht hatte und das Atelier dadurch plötzlich frei geworden war. Ich weiß nicht mehr, wie der hieß, ich weiß nicht einmal, ob es ein guter Maler war … Wiggels! Ja, Wiggels hieß er oder Wiegels, richtig, ja.«

»Und wie kommt es, daß Freundlich nicht bekannt wurde? Hatte er weniger Talent als die anderen?«

»Nein, ich glaube nicht. Weißt du, der Erfolg ist eine rätselhafte Sache. Hinterher findet man einen Haufen Erklärungen, aber mittendrin, wer kann da was vorhersehen? Trotzdem hatte auch er seine Glanzzeit. In München gab es 1937 eine große Ausstellung. Es war eine von den Nazis veranstaltete Ausstellung mit dem Titel ›Entartete Kunst‹. Diese Ausstellung vereinte alle avantgardistischen Werke. Die Nazis wollten zeigen, daß die Avantgarde von Bolschewiken, Juden und Geisteskranken geschaffen worden sei. Sie suchten sich nicht nur die Bilder von Freundlich für die Ausstellung aus, sondern bildeten sogar noch eine seiner Skulpturen, *Der neue Mensch*, auf dem Umschlag des Katalogs ab.«

»Und die Ausstellung hatte Erfolg?«

»Enormen Erfolg. Aber aus zweifelhaften Gründen, denke ich. Sie wurde vier Jahre lang in vielen Städten Deutschlands und Österreichs gezeigt. Bis 1941. Gleichzeitig wurden alle Werke von Freundlich, die von deutschen Museen erworben worden waren, zerstört. Was die französischen Behörden allerdings nicht daran hinderte, ihn gleich zu Beginn der Feindseligkeiten als deutschen Staatsbürger zu internieren. Alles, was ich von der Zeit danach weiß, ist, daß er nach Majdanek deportiert wurde und fast unmittelbar nach seiner Ankunft gestorben ist. Zum Glück hatte eine Pariser Galerie anläßlich seines sechzigsten Geburtstages 1938 eine Einzelausstellung veranstaltet.«

»Hast du ihn kennengelernt, weil du dich für Malerei interessiert hast?«

»Nein, die Ausstellung hatte ich natürlich gesehen, ich rede von der in Paris, aber ich war ihm schon ein paar Jahre zuvor begegnet. Weißt du, die Emigranten, die 1933 Deutschland verließen, taten das nicht, um dem Elend zu entfliehen, wie das bei Emigranten meistens der Fall ist, es waren also nicht unbedingt die Ärmsten, die vor dem Faschismus geflohen sind. Vor allem Intellektuelle und Angehörige freier Berufe – Juden und Kommunisten – bildeten die Mehrheit. Ganz selbstverständlich hat man versucht, die deutschen Intellektuellen zu treffen, die bereits in Paris waren, auch wenn sie in ärmlichen Verhältnissen lebten wie Freundlich. Ich habe dir ja schon gesagt, daß er um 1910 nach Paris gekommen ist. In der Zeit danach ist er mehrfach zwischen Deutschland und Frankreich hin- und hergezogen. Und bei meiner Rückkehr aus Spanien habe ich erfahren, daß er, Freundlich, von dem man denken konnte, er interessiere sich für nichts anderes als seine Malerei, zu den treibenden Kräften eines Komitees gehörte, das sich in Zürich gebildet hatte, um die noch in Deutschland lebenden Frauen und Kinder zu unterstützen, deren Männer und Väter bereits im Konzentrationslager waren.«

Willi hat das Glas, das er gerade gefüllt hatte, nicht sofort getrunken. Er hat eine große auf Karton aufgezogene Photographie aus einer Mappe genommen. Fast mechanisch, ein bißchen so, wie wenn man Staub wegwischt, ist er mit seinem rechten Unterarm darübergefahren. Es war ein Photo seiner Familie, die in Deutschland geblieben war, aber es war in Wien anläßlich des 75. Geburtstages seines Großvaters mütterlicherseits 1928 gemacht worden. Ein gestelltes Photo, wie man es macht, wenn die ganze Familie versammelt ist und alle Familienmitglieder einen besonders guten Eindruck machen wollen. Willi hat begonnen, mir auf dem Photo ein paar von denen zu zeigen, die überlebt hatten: eine Schwester, die nach Amerika gegangen war, um dort zu heiraten, und die er seit zwanzig Jahren nicht mehr gesehen hatte; ein Cousin, der von Beruf Photograph war, eben der, der das Photo gemacht hatte und ebenfalls in Amerika lebte, den Willi aber wiedergesehen hat, weil er gekommen war, um für das amerikanische Magazin *Life* ausführlich über die Befreiung von Paris zu berichten.

Und da Willi wußte, daß er auf die Fragen antworten mußte, die ich nicht stellte, hat er mir von seinem Vater und seiner Mutter erzählt.

»Wir haben lange gehofft, daß meine Mutter und mein Vater Deutschland schließlich ebenfalls verlassen würden, nachdem die Kinder weggegangen waren, meine Schwester nach Amerika, ich nach Frankreich, aber sie taten es nicht. Meine Mutter wäre gerne hergekommen, aber mein Vater hat sich hartnäckig geweigert. Er konnte sich nicht vorstellen, was man einem Mann in seinem Alter – er war 1873 geboren – noch antun sollte. Im Grunde wußte er es sehr gut, er war Zeuge der Erniedrigungen gewesen, die die Nazis den deutschen Juden zugefügt hatten, kaum daß sie an die Macht gekommen waren. Aber ich glaube, etwas war in ihm zerbrochen. Er hatte Polen mit zwei Kindern verlassen und in Berlin ein neues Leben angefangen. Um noch einmal von vorne anzufangen, hätten meine Schwester und ich kleine Kinder sein müssen, aber wir waren bereits von zu Hause fortgegangen und hatten selbst eine Familie gegründet. Und da mein Vater sich nur für sich selbst verantwortlich fühlte, ist er geblieben, und meine Mutter hat sein Schicksal geteilt. Und doch hatte ich es fast geschafft, sie herzuholen. Ich will dir etwas zeigen, Joseph. Es ist in meiner Photomappe. Da: ›Identitäts- und Reisebescheinigung für Flüchtlinge deutscher Herkunft, Erlaß vom 17.9.1936.‹ Schau, was da unten steht: ›Diese Bescheinigung enthält 19 Seiten.‹ Siehst du, das ist mein zweites Akkordeon. Aber das hier macht keine Musik«, fuhr Willi fort und blätterte die 19 Seiten seiner Bescheinigung auf, »es ist nur voll mit Stempeln und Steuermarken. Dank dieser Bescheinigung konnte ich für zwei Tage nach Belgien fahren. Am 29. März 1939 habe ich in Feignies die Grenze überquert. Da sieht man noch deutlich den Zollstempel. Meiner Mutter war es gelungen, heimlich über die Grenze zu kommen, und ich sollte sie aus Belgien mit nach Frankreich nehmen. Wir hatten gedacht, daß ihr Aufbruch meinen Vater zum Nachgeben veranlassen würde und es mir gelänge, ihn ebenfalls zum Kommen zu bewegen. Aber als ich sah, daß meine Mutter nur eine Handtasche dabei hatte, habe ich begriffen, daß sie nur gekommen war, um mir auf Wiedersehen zu sagen … ein bißchen, als … ja, nur um mir auf Wiedersehen zu sagen…

So verläuft ein Leben, Joseph«, hat Willi gesagt und die Bescheinigung zusammen mit der Photographie wieder in seine Mappe gelegt.

»Mit wem sprichst du noch Deutsch?« habe ich Willi gefragt, wie um ihm beim Ordnen seiner Erinnerungen zu helfen.

»Deutsch? Mit niemandem. Ich benutze das Deutsche nicht mehr als gesprochene Sprache. Ich habe es nur noch zum Schreiben benutzt. An Ernst. Ansonsten für die revolutionären Lieder. Und *La Paloma.*«

»›La Paloma‹? Wer ist ›La Paloma‹?«

»Wer das ist? Ein Lied. Eine Rumba, ein Tango, das hängt ganz davon ab, wie man es singt oder spielt. Es ist eines der schönsten Lieder, die es gibt. Es ist, glaube ich, in allen Sprachen der Welt gesungen worden. Das hat ihm seinen universellen Charakter gegeben.«

»So wie die *Internationale*?«

»Die *Internationale*?« Auf Willis Lippen erschien zum erstenmal wieder ein Lächeln. »Ja, natürlich, es gibt die *Internationale*, aber das ist nicht dieselbe Kategorie. Denn die *Internationale* ist gerade deshalb komponiert worden, um international zu sein. Bei *La Paloma* war das keine Absicht. Das ist einfach so gekommen, ganz natürlich. Und außerdem wird es getanzt.«

»Ist es das, was du am 14. Juli mit Rosa ...«

»Mit Rosa? Nein, mit Rosa habe ich einen richtigen Tango getanzt. Diesen hier.«

Und Willi hat wieder zu seinem Akkordeon gegriffen. Er hat sich Zeit gelassen. Die Zeit, die er brauchte, um auf die Ile Saint-Louis zurückzukehren. Langsam hat er sein Glas Portwein geleert und dann angefangen zu singen:

»Zwei rote Lippen
Und ein Gläschen Tarragona
Das ist das Schönste von Barcelona.«

»Ist das ein deutscher Tango?«

»Nein, Joseph. Das ist nur die deutsche Fassung. Ich hab dir doch gesagt, es ist ein richtiger Tango. Ein argentinischer Tango. Er heißt *Adios muchachos*. Ich habe ihn häufig gespielt, wenn ich vor dem Krieg andere Akkordeonspieler vertreten habe. Du machst dir keine Vorstellung, was es für ein Vergnügen ist, wenn man spielt und sieht, wie sich in ein paar Augenblicken Paare bilden. Manchmal nur für die Dauer eines Tanzes, und schon das ist eine schöne Erinnerung. Manchmal tanzen sie auch den ganzen Abend zusammen, und manchmal ist es ein Anfang. Was danach kommt, ist eine andere Geschichte und hat nicht notwendigerweise mit dem Tanz zu tun... Du siehst, Joseph, ein Freund ist tot, und ich erzähle mein Leben. Aber da ich mit meinen Erinnerungen nicht allein bleiben will und auch nicht möchte, daß du versuchst dir auszudenken, was du gerne wüßtest, werde ich dir die Geschichte von Willi und Rosa erzählen. Nicht die ganze Geschichte, weil ich doch etwas für mich behalten muß. Was man so Geheimnisse nennt. Ich werde dir nur ein bißchen von den persönlichen und ein bißchen komplizierten Gründen erzählen, von denen ich eines Tages gesprochen habe, als du mich gefragt hattest, warum ich in Andrésy gelandet bin.«

»Ich hatte gedacht, es sei wegen der Freilassung von Xavier Vallat gewesen?«

»Ja, das hatte ich dir gesagt. Aber Xavier Vallat war nur der Auslöser. Ich bin sicher, daß schon alles vorbereitet war.«

Willi hat sein leeres Glas weggeschoben und seine Hand auf die dicke Photomappe gelegt.

»Diese Photographien muß ich mir nicht ansehen«, hat er gesagt. »Auch wenn ich von Zeit zu Zeit eine herausnehme, so wie heute. Ich brauche sie auch nicht zu ordnen oder in ein Album zu kleben. Nach dem, was ich dir vorhin von Ernst übersetzt habe, bestände dann Anlaß zur Sorge. Nein, es reicht mir zu wissen, daß sie da sind. Sie erzählen, was ich erlebt habe, und erzählen von denen, die vor mir gelebt haben. Das ist auch eine Art, das Leben mit ein bißchen Abstand zu betrachten, mit Melancholie, auch mit Trauer wegen all denen, die nicht mehr leben. Und dann vermittelt das manchmal die Illusion, die Zeit aufhalten zu können. Aber es gibt auch eine schöne Liebesgeschichte darin, wenn sie im Augenblick auch ein bißchen in der Schwebe hängt.

Rosa und ich schreiben uns jetzt. Zu Anfang, als ich hierhergekommen bin, waren es nur ein paar Worte, um gewisse Kleinigkeiten zu regeln. Und dann haben wir uns allmählich geschrieben, auch wenn wir uns nichts Besonderes zu sagen hatten. Wir haben einander gefragt, wie es geht. ›Es geht mir gut, danke.‹ Und dann, als Rosa sich einen Telephonanschluß hat legen lassen, haben wir manchmal miteinander telephoniert, aber schreiben war besser, und unsere Briefe sind wieder ein bißchen zu dem geworden, was sie vor der Hochzeit waren, als ich nach dem 14. Juli wieder nach Deutschland zurückgekehrt bin. Als ob sie hartnäckig zum Verschwinden bringen wollten, was zwischen uns nicht mehr ging.

Einmal habe ich Rosa wie durch ein Wunder in dem Augenblick angerufen, als sie einen Brief von mir las, den sie gerade erhalten hatte. Wir waren beide ganz durcheinander. Seitdem nennen wir diesen Moment: den Anruf-Brief.

Ich könnte jetzt aufhören, weil es schon so spät ist, und merkwürdigerweise habe ich den Eindruck, mit den paar Worten schon viel gesagt zu haben, und doch wirst du dich, weil ich es immer noch nicht erklärt habe, weiter fragen, aus welchem Grund genau ich hierhergekommen bin. Aber ich habe dich gewarnt: Meine Geschichte ist kompliziert, und ich weiß nicht genau, wo ich anfangen soll, vor allem weil ich nichts Schlechtes über Rosa sagen will. Vielleicht sollte ich damit beginnen, daß die Deportation ihres Vaters für sie sicher die schmerzlichste Prüfung ihres Lebens gewesen ist. Sie hatte sich ihm schon immer sehr viel näher gefühlt als ihrer Mutter. Aber für ihren Vater war seine Frau der Mensch, der vor allen anderen zählte. Sein Glück hing immer von ihrem ab. Sie war deutlich jünger als er, und als ob er es noch immer nicht hätte fassen können, daß sie ihn geheiratet hat, überschüttete er sie mit Geschenken, und so wurde sie sehr schnell *die* zentrale Figur in der Familie. Diejenige, die über alles entschied. Die Tragödie brach herein, als er nicht mehr da war. Und nach und nach, ohne daß irgend jemand es anfangs wirklich gemerkt hätte, nahm Rosa seinen Platz ein. *Seinen* Platz. So als ob sie, indem sie ihre Mutter verehrte, wie ihr Vater es zuvor so lange Jahre getan hatte … wie soll ich das erklären … so als ob ihr Vater dadurch weiter da, anwesend, lebendig bliebe. Als ob sein Leben sich in Rosas Leben verlängern würde. Für meine Schwiegermutter war das alles vollkommen normal. Sie war der Mittelpunkt der Familie gewesen, sie blieb es. Aber plötzlich hat das, was mich zu Lebzeiten meines Schwiegervaters nie gestört hatte, angefangen, sich auf unser Eheleben auszuwirken, und die sanfte Harmonie, die sich im Lauf der Jahre eingestellt hatte – denn unser Leben war wirklich harmonisch –, bekam die ersten Risse.

Wenn ich die Gefahr nicht sofort gespürt habe, so deshalb, weil wir uns anfangs nur an ein paar kleinen Problemen stießen. Ich hatte nicht verstanden, daß etwas Wesentliches zu schützen und zu verteidigen war.

Wenn die beiden zusammen waren, schminkte sich

Rosa zum Beispiel nicht und zog irgendwas Beliebiges an. Sie kümmerte sich zunächst um das Erscheinungsbild ihrer Mutter. Nichts bereitete ihr größeres Vergnügen, als wenn man sie für zwei Schwestern hielt. Ich entdeckte bei Rosa plötzlich Gesten, Verhaltensweisen, Vorlieben, die sie direkt von ihrer Mutter hatte, und das fast von heute auf morgen.

Eines Tages kam sie – die doch sonst für schöne Gegenstände schwärmte und immer vor den Schaufenstern der Antiquitätenhändler stehenblieb – mit einer dieser Puppen nach Hause, die man auf dem Jahrmarkt gewinnt. So eine mit Kleidern und Flitter, die spanisch aussehen sollen. Genau die gleiche wie die, die immer auf dem Bett ihrer Eltern thronte. Du kannst dir vorstellen, was ich für ein Gesicht gemacht habe. Solche Kleinigkeiten bringen nach und nach die Liebe aus dem Takt, auch wenn sie sie nicht wirklich bedrohen. Die Befriedigung, die ihre Mutter darüber empfinden würde, bei uns etwas anzutreffen, was sie vielleicht bewirkt hatte, schien Rosa wichtig zu sein – was das für uns beide bedeutete, war für sie unerheblich.

Dann sind mir allmählich Dinge wieder in den Sinn gekommen, die ich schon vergessen hatte.

Ich weiß nicht mehr, welche Gründe meine Schwiegermutter angeführt hatte – vielleicht gar keine –, um uns nicht zum Bahnhof zu bringen, als Rosa und ich nach unserer Hochzeit abgereist sind, um in Deutschland zu leben. Diesem Fernbleiben am Bahnhof kann ich nur die Tränen meiner Mutter entgegenhalten, als wir drei Jahre später mit unserem Kind im Arm vor den Nazis flohen.

Als wir wieder in Paris waren, dachte ich mir, daß meine Schwiegermutter angesichts des Babys, das sie noch nie gesehen hatte, sicher gerührt sein oder zumindest eine gewisse Ergriffenheit empfinden würde. Sie hat nur einen

Blick auf Maxime geworfen – er war kaum zwei Jahre alt – und hat zu Rosa gesagt: ›Hast du ihm nicht beigebracht, daß ein Kind seiner Großmutter einen Kuß geben muß?‹ Es schien, als könne sie nichts bewegen oder erschüttern. Nur wenn sie vom Erfolg anderer hörte. Dann redete sie von dem, was sie alles erduldet hatte, und das Schicksal ihres deportierten Mannes kam ihr zu Hilfe. Und man schwieg. Ich erinnere mich auch – das muß ganz kurz nach dem Krieg gewesen sein –, daß Rosa, aus welchem Grund auch immer, den Schrank im Schlafzimmer ihrer Eltern öffnete: Von den Sachen ihres Vaters war nichts mehr da.

Im letzten Sommer, bevor ich hierhergekommen bin, haben wir in der Haute-Savoie Ferien gemacht. Meine Schwiegermutter war auch dabei, weil es natürlich nicht mehr in Frage kam, daß Rosa und ich allein in Ferien fuhren. Auf meinen langen Spaziergängen hatte ich einen alten Angler kennengelernt, ein halber Wilderer, und mich mit ihm angefreundet. Er hatte mir drei Forellen geschenkt, die ich hocherfreut in das kleine Chalet brachte, das wir gemietet hatten. Es waren phantastische Forellen. Der Angler hatte sie mir mit den Worten gegeben: ›Ich fange Fische nur, wenn der Kopf weit vom Schwanz entfernt ist.‹ Und weißt du, was meine Schwiegermutter gemacht hat? Sie hat sie in Scheiben geschnitten wie Karpfen, die man füllt, wenn es auf Rosch-Haschone* zugeht! Du lachst, Joseph? Da hast du recht. Das hätte ich Rosas Ansicht nach auch tun sollen. Aber ich habe nicht gelacht, weil ich vor Wut schäumte. Als ich begriffen hatte, daß alle weiteren Forellen das gleiche Schicksal erleiden würden, weil Rosa ihrer Mutter in meinem Beisein niemals widersprechen würde

* Neujahr.

und mir außerdem klar wurde, daß ich nicht mehr nur Zeuge ihrer Anhänglichkeit an ihre Mutter wäre, sondern daß diese Anhänglichkeit ihr Verhalten veränderte und damit unser Glück geopfert wurde, habe ich einen Rucksack genommen und bin drei Tage lang ins Gebirge gegangen. Heute mag das übertrieben erscheinen, und wahrscheinlich war sich Rosa nicht bewußt, was sie uns antat, aber was hier nach und nach in unser Leben eindrang, machte mich vollständig ratlos.

Mir war nicht sofort klar, daß diese drei Tage Wandern und Einsamkeit so entscheidend sein würden. Ich glaube, ich hatte mich bis dahin, so gut ich konnte, an all die glücklichen Momente geklammert, die wir gemeinsam erlebt hatten. Als ich eines Tages vor einem Karussell stand, habe ich dann begriffen. Ein junges Paar hatte seinen kleinen Sohn in eine Art Kutsche gesetzt, die von Schwänen gezogen wurde, aber sobald das Karussell sich zu drehen anfing, erfaßte ihn panische Angst. Ich begriff, daß der Junge zum ersten Mal Karussell fuhr. Da die Eltern bei jeder Runde des Karussells seinen Namen riefen, um ihn zu beruhigen, schaute er sich ständig um. Er hörte seinen Namen, aber das war auch alles. Und solange sich das Karussell drehte, hörte der Junge nicht auf zu weinen. Er weinte, weil es ihm weder gelang, seinen eigenen Platz zu finden, noch den seiner Eltern. Da habe ich mir gesagt, daß man auch das lernen müsse: zu wissen, wann und wohin man sehen muß. Nicht immer hinter sich, sondern manchmal neben sich oder nach vorn. Man müßte es den Eltern erlauben, ihre Kinder zu begleiten, wenn diese es wollen, oder das Karussell sollte anhalten.

Rosa und ich fuhren nicht mehr auf demselben Karussell, und da es sich hartnäckig weiter und weiter drehte, wurde mir klar, daß ich uns nicht mehr würde helfen können. Da habe ich mich entschieden zu gehen. Es hatte nur noch der Auslöser dazu gefehlt.

Das war's. Ich ziehe keine Bilanz. Wenn wir uns jetzt schreiben, so haben sich bestimmte Ereignisse gegenseitig aufgehoben. Die Briefe helfen uns dabei, uns langsam wiederzufinden, und darüber bin ich jedes Mal sehr glücklich. Auf jeden Fall haben wir einander unseren Stempel aufgedrückt.«

Willi hatte nicht gewußt, daß er über all das reden würde. Seine Worte waren weder bewußt noch überlegt. Gewöhnlich machten ihn die Erinnerungen eher schweigsam. Jetzt wirkte er fast erleichtert.

Wir wechselten noch ein paar Worte, nichts wirklich Bemerkenswertes. Dann ein müdes Lächeln zur leeren Flasche hin. Schließlich sagte Willi: »Im Augenblick fühle ich mich in dem Bett wohl, das du da siehst. Es ist ein Bett zum Schlafen.«

Als ich aufgestanden bin, war der Himmel noch mit leichtem Dunst verschleiert, obwohl der Regen seit langem aufgehört hatte. Es war schon nach neun, aber am Sonntag hatte das keine Bedeutung. An dem Tag stellten Léva und ein oder zwei Betreuer früh am Morgen Brot, Butter, Marmelade und Schalen auf die Tische im Speisesaal, und die Kinder brauchten sich nur noch den Kakao zu holen, der auf dem Herd warmgehalten wurde. Vom Duschraum aus konnte man die Seite des Parks erkennen, die an die Seine grenzte. Ich mochte diese Seite wegen der Lastkähne und der Anlegestelle von Conflans-Saint-Honorine. Die Seine schien nur für sie da zu sein. Mit den Gedanken noch bei dem Abend mit Willi, wurde ich plötzlich auf das Verhalten einiger Kinder aufmerksam. Sie standen in einer

Art Kreis am Fuß einer großen Eßkastanie, und ihre Unterhaltung sah ganz nach einer Verschwörung aus. Ich hörte ihre Stimmen, hörte aber nicht, was sie sagten. Sie schienen besorgt, manche sahen auf das feuchte Gras oder hoben den Kopf, wie um im Baum etwas Bestimmtes zu erkennen, aber nichts in ihrem Verhalten gab mir irgendeinen Hinweis darauf, was sie beschäftigte. Es war genau die Art von Gespräch, zu dem man niemals Zugang hat, und ich empfand, vielleicht weil es wie eine Verschwörung aussah, unwillkürlich eine gewisse Rührung.

Dann hat sich Milena der Gruppe genähert. Vielleicht war sie auch neugierig geworden, genau wie ich. So weit ich es von dort, wo ich stand, beurteilen konnte, hat sie sich nicht eingemischt. Sie hat die Kleinen unter sich gelassen.

Etwas später, als ich beim Frühstücken war, lehnte sie an einem der Fenster des Speisesaals. Ich habe an die Scheibe geklopft und ihr ein Zeichen gegeben herzukommen.

Sie hat sich neben mich gesetzt, nachdem sie sich eine Schale Kakao eingegossen hatte, die sie nicht ganz schaffte. Und als hätte ich ihr eine Frage gestellt, begann sie zu erzählen.

Sie erzählte mir, daß ein kleiner Vogel aus seinem Nest gefallen und gestorben sei und daß die Kleinen am Fuß der Eßkastanie ein Loch gegraben hätten, um ihn zu beerdigen. Vielleicht war das Nest nicht stabil genug gewesen oder nicht gut genug gebaut, oder vielleicht hatte es auch zu lange oder zu stark geregnet, und das Nest hatte dem Regen nicht standgehalten. Ein Kind habe gewollt, daß man ein Kreuz auf das kleine Grab machen solle, aber die anderen hätten gesagt, daß ein Vogel nicht unbedingt katholisch sei, und da hätten sie gezögert, weil ein Vogel ja auch nicht jüdisch sei und man aber doch irgend etwas darauf machen müsse, um den Ort wiederzufinden und zu wissen, daß dort der kleine tote Vogel liege.

Etwas später stand Milena auf der Freitreppe des Schlosses, den Rücken an eine vertraute Stelle gelehnt, und sah den Kindern nach, die loszogen, um den Sonntag in Paris zu verbringen.

17

Jener Sonntag lag eine Woche zurück, als ich mit dem Zug von Andrésy nach Paris gefahren bin.

Da mich der Blick auf die verblühten Kirschbäume langweilte, die jenseits der Böschung die Strecke säumten, blätterte ich erneut in dem Buch, das ich Raphaël schenken wollte, der zu seinem einundzwanzigsten Geburtstag bei sich zu Hause, in der Rue Turenne, ein Fest feierte.

Es war ein Bildband über Jazzmusiker, oder, wenn man so will, eine Geschichte des Jazz, erzählt mit den Mitteln der Photographie. Vor allem die ersten Photos versetzten mich in Begeisterung. Denn sie zeigten legendäre Musiker – jene, die alles erfunden hatten und die ich besonders liebte, sicherlich deshalb, weil ich mich, da sie nicht mehr lebten, damit begnügen mußte, sie auf meinem alten Grammophon anzuhören. Und selbst das galt nicht mal für alle. Nicht für Buddy Bolden, mit dessen Photo der Band anfing. Buddy Bolden hatte nie Schallplatten aufgenommen, und es war vor allem Jelly Roll Morton zu verdanken, der – als wehmütiger Zuhörer – 1939 *I Thought I Heard Buddy Bolden Say* gesungen und gespielt hatte, daß man überhaupt von seiner Existenz wußte. In dem Band konnte man diese Musiker jetzt endlich sehen, wie sie im Bühnenkostüm mit Fliege oder in Paradeuniform für den Photographen posierten: die King Oliver Creole Jazz Band, das Jimmie Noone's Apex Club Orchestra, Bunk Johnson und das Originale Superior Orchestra oder auch das Originale Creole Orchestra von Freddie Keppard. Freddie Keppard, der nie eine Platte aufnehmen lassen wollte, aus Furcht, andere Kornettbläser könnten ihn nachahmen. Als er schließlich einwilligte, war es zu spät. Er war krank und Alkoholiker, und auf seinen Platten war – wie die sagten, die ihn gut kannten – nichts mehr von der früheren Kraft seines Spiels erhalten.

Das Photo von Freddie Keppard inmitten seiner Band sowie seine Weigerung, Platten aufnehmen zu lassen, ließen mich an André denken.

Die letzte Wandzeitung, die die Eingangshalle zierte, hatte diesmal hauptsächlich aus Photographien bestanden, die Willi vor kurzem mit seiner Voigtländer gemacht hatte. Erst gestern, am Samstag, hatte uns ein Kind darauf hingewiesen, daß aus einem der Photos auf der Wandzeitung ein Gesicht herausgeschnitten worden war.

Weil der Schuldige es gleich zugab, brauchten wir ihn nicht zu suchen. Es war der, dessen Gesicht fehlte. Das ausgeschnittene Gesicht war das von André. Ein aufmerksamer Blick auf die anderen Photos zeigte, daß er auf keinem anderen zu sehen war. Die einzige Aufnahme, die ihn zeigte, war jene, die er zerschnitten hatte. Dabei war es ein Gruppenphoto, wie man es mit der Absicht macht, daß alle gut zu sehen sind. Die Kinder stehen auf der Freitreppe, sicherlich auf Willis Bitte hin, die kleinen vorne und die größeren dahinter. André hatte also durchaus eingewilligt, sich mit den anderen photographieren zu lassen. Neben dem Schnitt sieht man noch seine Hand auf Alex' Schulter. Wußte er schon in dem Augenblick, als das Photo gemacht wurde, daß er sich aus der Gruppe ausschließen würde? Oder hat er es nicht ertragen, derart auf einer Wandzeitung ausgestellt zu werden? Ein Photo so auszustellen, bedeutete das, ihm ein anderes Leben zu geben?

Mit dem Loch anstelle des Kopfes wird das Photo jetzt nie mehr dasselbe sein. Auch wenn man es durch einen anderen Abzug ersetzt – ich weiß noch nicht, ob wir das tun, wir haben noch nichts entschieden –, es wird immer aussagen: Loch anstelle des Gesichts. Ein Loch an dieser Stelle ist nicht so, als wäre André niemals auf dem Photo gewesen. Er schien beschlossen zu haben, zunächst anwesend zu sein und dann abwesend. Er ist nur vorbeigegangen. Und als Beweis für sein Vorbeigehen bleibt allein seine rechte Hand auf Alex' Schulter.

André wird uns natürlich keine Erklärungen für dieses Ausschneiden liefern. Seine Handlung hatte für ihn etwas Zwingendes, er mußte es tun und würde uns nicht erklären, warum.

Place de la République.

Rue de Turenne, an der Einmündung der Rue Béranger, vor mir ein Chassid. Runder Samthut, schwarzer Bart und Schläfenlocken, er geht schnell. Alles an ihm sagt so viel über seine Zugehörigkeit aus, daß ich mich frage – wie jedes Mal, wenn ich einem begegne –, wo er die Zeit der Polizeirazzien verbracht hat. An den Füßen etwas zu große Schuhe, wie sie die Chassidim oft tragen. Lange habe ich mich nach dem Grund dafür gefragt, bis ich meinem Vater eines Tages diese Frage gestellt habe, der mir folgende Erklärung dafür gab: In Polen kaufte man in den armen Familien immer ein wenig zu große Schuhe für die Kinder, damit sie, wenn sie wachsen, nicht dauernd neue Schuhe brauchen, bevor die alten vollständig abgetragen sind. Deshalb ertragen die Füße, wenn sie schließlich erwachsen sind, das Gefühl der Enge nicht.

Ich hatte noch das Klacken der eisenbeschlagenen Absätze meines Chassiden im Ohr, als mir aus dem Hof von Raphaëls Haus – es gibt keine Zufälle – *If You See Me Comin'* entgegenschallte: Das Fest hatte begonnen.

Die Werkstatt von Raphaëls Vater war in einen Festsaal verwandelt worden. Der Bügeltisch war zum Buffet geworden und der Zuschneidetisch zur Theke. Die Nähmaschinen, auf denen sich die Geschenke sammelten, hatte man in den hinteren Teil der Werkstatt geschoben und so Platz zum Tanzen geschaffen.

Raphaëls Mama schien eine sehr genaue Vorstellung davon zu haben, welches Essen zu einem solchen Ereignis gehört. Reichlich mußte es sein, das verstand sich von selbst. Und auf jeden Fall ein Gefühl von Vertrautheit erzeugen, deswegen mußte es jüdisches Essen sein. Nichts fehlte: Fette Heringe, gehackte Leber, Pickelfleisch, eingelegte Gurken und natürlich – zum Aufschneiden bereit – alles, was man sich an Strudeln und Käsekuchen nur wünschen konnte.

Betty, Raphaëls jüngere Schwester, hatte ohne weiteres die Erlaubnis ihrer Eltern bekommen, Milena zum Geburtstag ihres Bruders einzuladen. Sie kannten Milena, die bereits mehrfach zu Besuch gekommen war und der sie jedesmal den herzlichsten Empfang bereiteten. Außerdem glaubten sie, dadurch mehr Ruhe zu haben, was nicht unbedingt stimmte. Betty hörte aus Übermut nicht auf zu singen: »Man müßte nochmal 20 sein«, womit sie ihrer Mutter sofort auf die Nerven fiel: Ihren Sohn jünger zu machen, vor allem an einem solchen Tag, bedeutete, seine Entwicklung zu hemmen.

Milena war am Abend zuvor angekommen, und Raphaëls Mama war so klug gewesen, sie an den Vorbereitungen zu beteiligen. An dieser zum Festsaal gewordenen Arbeitsstätte, an der sich Eltern und ihre Kinder begegneten, fand Milena ein Familienleben wieder, oder, besser gesagt – denn ich wußte nicht, ob es etwas derartiges in ihrer Vergangenheit gab, an das sie sich erinnern konnte –, konnte sie an einem solchen teilnehmen.

Unter den Geschenken war auch ein herrlicher Photoband von Prévert und Izis. Raphaël, der sich sehr für Photographie interessierte, kannte den Band bereits.

»Diese Photos von Paris zeigen etwas, was man vorher nicht gesehen hat«, sagte er, als er sah, wie ich den Band, wahrscheinlich ein wenig zu flüchtig, durchblätterte. »Sieh dir diese Fensterläden an, wie das Gesicht von Léon Blum.«

Tatsächlich hatte ich eher auf den Text von Prévert geachtet, zu dem die Photos einen engen Bezug herstellten.

Ein Photo ließ mich an den Abend mit Willi denken.

Ein kleines Mädchen sitzt auf einem Karussellpferd und überläßt sich vertrauensvoll und begeistert der kreisenden Bewegung. Die Kleine neigt den Kopf und lächelt. Sie hält das Pferd nicht fest. Keinerlei Besorgnis überschattet die Sanftheit ihrer Züge. Sie weiß, daß das Pferd sie trägt, daß es nur dazu da ist, um sie eine Karussellrunde drehen zu lassen und sie wieder dort hinzubringen, wo es immer eine beruhigende Geste oder einen beruhigenden Blick geben wird. Später, wenn die Musik aufhört und das Karussell stehenbleibt, wird sie in fröhliches Gelächter ausbrechen.

Dieses Mädchen heißt Minoute Prévert. Ihr Name steht im Verzeichnis der Bilder. Ist sie die Tochter von Jacques Prévert? Ja, ich glaube, sie ist seine Tochter. Das ist sicher der Grund, weshalb er zu diesem Photo nichts geschrieben hat. Er zitiert nur einen Satz von Marcel Proust: »... die Sorge um die Zukunft, die die allzu glühende Zärtlichkeit eines Wesens in uns wachruft, das dazu bestimmt ist, uns zu überleben.«

An anderer Stelle erinnert Jacques Prévert an die kleinen Bälle, *Bal de Vaugirard*, *Bal du Tourbillon*. Und der *Bal des Gra-*

villiers, auf dem Willi vor dem Krieg Akkordeon gespielt hat. Jacques Prévert schreibt:

»Auch für euch hat sich das Fest verändert
Und bei euch wie anderswo tanzt man im Takt der Maschine.«

Hier wurden auf die Maschinen Raphaëls Geschenke gelegt. Jemand hatte ihm *Jazz-Fieber* von Milton »Mezz« Mezzrow geschenkt. Aus diesem Buch hatte ich erfahren, wie Bessie Smith gestorben ist.

Dann kam, was zweifellos die nachdrücklichste Erinnerung an diesen Tag bleiben wird.

Unter den Besuchern, die zu dem Fest erschienen, waren zwei Gestalten. Der eine, Jean-Christophe, ging mit einem Blumenstrauß in der Hand vor einem Mann her, den niemand hier zu kennen schien. Obwohl dieser Mann in dunklem Anzug und dunkler Brille noch sehr jung war, trug er – das war das Auffallendste an ihm – eine Melone, die er sich fest auf den Kopf gedrückt hatte. Es war der Jazzpianist Eddie Bernard.

Der Blumenstrauß von Jean-Christophe war für Raphaëls Mama.

Raphaël kannte Jean-Christophe erst seit kurzem. Sie sahen sich ziemlich regelmäßig bei den Dienstagsveranstaltungen im Studio Parnasse, wo auf den Film jedesmal ein Fragespiel und eine Diskussion folgten. Sie hatten sich nach einem brillanten und äußerst gut dokumentierten kurzen Vortrag von Jean-Christophe über den Film *Halleluja* von King Vidor kennengelernt. Seitdem hatte Jean-Christophe, der am IDHEC* studierte, Raphaël mehrfach

* *Institut des Hautes Études cinématographiques*, staatl. Filmhochschule

in die Cinémathèque in der Avenue de Messine mitgenommen. Aber ihre angeregtesten Gespräche drehten sich immer um Jazz.

Nachdem man sich einander vorgestellt und Eddie Bernard seine Melone mit einer eleganten Geste einer Schneiderpuppe aufgesetzt hatte, bemerkte er das Buffet und schenkte sich ein Glas Whisky ein, ohne das geringste von seiner schüchternen, zurückhaltenden Art zu verlieren.

Jean-Christophe trank einen Fruchtsaft, bevor er sich neben das Klavier setzte, über das Eddie Bernard, noch immer mit seinem Whisky bewaffnet, seine Finger laufen ließ.

Es war das Instrument, auf dem Betty ein bißchen spät Klavierspielen gelernt und das man hierhin gerollt hatte.

Wir rückten die Werkstattstühle und -schemel näher und bildeten einen Kreis um das Klavier.

Als Eddie Bernard, der den Eindruck vermittelte, als ob *er* uns empfangen würde, wirklich zu spielen anfing, vernahm man die klare, deutliche Stimme von Jean-Christophe:

> »Es ist mein Wunsch, jedem zu helfen – wenn es möglich ist – sei er Jude oder Christ, Weißer oder Schwarzer.
> Wir alle haben den Wunsch, einander zu helfen. Das liegt in der Natur des Menschen. Wir wollen vom Glück des Nächsten leben, nicht von seinem Elend. Wir wollen nicht hassen und uns nicht gegenseitig verachten. In dieser Welt gibt es Raum für alle …

Jean-Christophe hatte – extra zu diesem Anlaß? – die Schlußrede aus dem *Großen Diktator* von Charlie Chaplin auswendig gelernt, und Eddie Bernard spielte dazu die Sinfonie *Aus der neuen Welt* von Dvořák.

»... in diesem Augenblick erreicht meine Stimme Millionen von Menschen in der ganzen Welt – Millionen verzweifelter Männer, Frauen und kleiner Kinder –, die Opfer sind eines Systems, das Menschen dazu bringt, Unschuldige zu quälen und in Gefängnisse zu werfen. Denen, die mich hören können, rufe ich zu: ›Verzweifelt nicht!‹ Das Elend, das über uns gekommen ist, ist nur verursacht von Habsucht, von der Bitterkeit von Menschen, die den Fortschritt der Menschheit fürchten. Der Haß der Menschen wird aufhören, Diktatoren werden sterben, und die Macht, die sie dem Volk genommen haben, wird sich das Volk zurückholen. Und solange Menschen bereit sind, für die Freiheit zu sterben verstehen, wird sie niemals untergehen.«

Und Jean-Christophe setzte die Rede von Chaplin bis zum Ende fort. Bis zum: »Look up, Hannah! Look up!« Als er geendet hatte, sagte er nur noch: »Charlie Chaplin. Schlußrede aus dem *Großen Diktator.* 16. November 1940.«

Jean-Christophe war kein Jude. Ob es das war, was Raphaëls Mama so tief rührte? Stumm und erschüttert ging sie zu ihm. Jean-Christophe umarmte sie. Dann wies er darauf hin, daß Tommy Ladnier und Sidney Bechet, die während der Weltwirtschaftskrise von 1929 eine Zeitlang den Beruf gewechselt hatten, ein Geschäft eröffnet hatten, in dem sie Kleider ausbesserten: den »Southern Tailor Shop«.

Mit einem sicheren Sinn für die Situation spielte Eddie Bernard dann *Tea for Two* in einer lässigen und zärtlichen Interpretation, die sehr nahe an der so persönlichen Version von Fats Waller war. Dann machte er sich mit einem bemerkenswert subtilen Anschlag an einige der großen Standards: *Ain't Misbehavin, The Minor Drag, Handful of Keys.*

Nachdem er *Honeysuckle Rose* in verschiedenen Rhythmen gespielt hatte, ging er schließlich wieder zu der Schneiderpuppe, die seine Melone trug.

War es, um seine bemerkenswerten Hosenträger zu zeigen? Oder hatte er einen Vorwand gefunden, um einen Abstecher in Richtung Getränke zu machen? Jedenfalls hängte er seine Jacke über die Schneiderpuppe und nahm seine Melone, die er sich mit einem kurzen Klacken auf den Kopf setzte: Seine natürliche Zurückhaltung schloß die sichtbare Vorliebe für wirkungsvolle Auftritte nicht aus. Und mit einem zweiten Whisky versehen, setzte er sich wieder ans Klavier.

Hinter dem Buffet saß Jean-Christophe auf einer der Nähmaschinen und war in den Bildband über die Jazzmusiker vertieft. Seinen Platz neben dem Klavier hatte gerade unauffällig Milena eingenommen. Während er sie ansah, begann Eddie Bernard mit der nötigen Ironie *I'm Crazy 'bout My Baby* zu spielen.

Seine brillante musikalische Bildung erlaubte es ihm, Milena auf eine Reise zu den Klassikern mitzunehmen. Seine geistigen Väter waren sicher Chopin, Beethoven und Schumann. Er spielte sie als Jazz. Aber es war keine Synthese von Jazz und klassischer Musik. Ohne je vom Weg abzukommen, spielte er das eine, ohne das andere zu vernachlässigen. Wir hatten uns erneut um ihn geschart, und als er mit dem atemberaubenden *Tiger Rag* endete, brandete stürmischer Applaus auf.

Er war nur ein oder zwei Jahre älter als wir, und er war schon ein großer Mann.

»Ich werde ein Photo mit euch ums Klavier herum machen«, hat Raphaël gesagt.

Er hat seine Rolleiflex und ein Stativ geholt. Dann hat er den Photoapparat auf das Stativ und auf den Apparat einen Selbstauslöser montiert. Er hat seine Eltern gerufen, und wir haben uns um das Klavier aufgestellt. Nachdem er den Ausschnitt im Sucher überprüft hat, hat er seine Eltern in der Mitte hinter dem Klavier plaziert und den Davorstehenden befohlen, sich zu setzen. Dann hat er erneut durch den Sucher gesehen und uns gebeten, näher zusammenzurücken und ihm einen Platz freizuhalten. Also haben wir uns um die Schulter oder die Taille gefaßt, und Raphaëls Mama ist näher zu ihrem Mann gerückt, um zwischen sich und Jean-Christophe ein bißchen Platz zu lassen. Raphaël hat noch einmal alle angesehen, auf den Auslöser gedrückt und ist zu uns gekommen. Er hat sich nicht darum gekümmert, uns zum Lächeln zu bringen. Und doch haben manche gelächelt. Dann haben wir das Klicken gehört, das auf dem Film die Photographie von Raphaëls einundzwanzigstem Geburtstag fixierte.

Ich habe wieder an André gedacht.

Dann kam die Rückfahrt mit Milena, von der ich nun doch endlich erzählen muß.

In dieser Rückfahrt lag etwas Trauriges. Das ist häufig so, wenn ein Fest zu Ende ist. Aber es lag auch etwas Unklares darin. Unklar für mich selbst.

In einem Schweigen, in dem alles geschehen konnte, machte Milena eine unmerkliche Bewegung zu mir hin. Einen kurzen Augenblick gab es keine Distanz mehr zwischen uns. Milena saß neben mir, und vielleicht hätte es ausgereicht, ihre Hand zu nehmen. Habe ich zu lange gezögert? Wenn ich es getan hätte, wäre unsere Geschichte anders verlaufen.

Der Zug hielt mehrmals, ohne daß wir unser Schweigen

gebrochen hätten. Ich wußte übrigens nicht, ob wir es hätten tun sollen. Als ob es, da es unsere Reise begleitete, uns genügen sollte.

Hörte Milena noch immer neben dem Klavier der Musik zu?

»Er hat ›Sie‹ zu mir gesagt«, hat Milena plötzlich gesagt, »und daß er Bernard Bloch heiße.«

Auf dem Bahnsteig in Andrésy war niemand außer Milena und mir. Es war tiefschwarze Nacht. Nur bis zur Gare Saint-Lazare war es noch hell gewesen.

Milena hat, wie mir schien, mechanisch den Kopf gehoben, um nach der großen Bahnhofsuhr zu sehen. Plötzlich mußte sie lächeln. Da hat sie mir erzählt, wie die Lehrerin der Schule in Andrésy den Kindern in der ersten Klasse beigebracht hat, die Uhr zu lesen. Sie hat eine große Uhr mit zwei Zeigern und den Ziffern von eins bis zwölf an die Tafel gemalt. Dann hat sie ein paar Wochen lang mehrmals am Tag immer ein anderes Kind aufgefordert, nach der Uhrzeit an der Schuluhr zu sehen. Milena hatte damit Schwierigkeiten. Sie konnte die Uhrzeit nur dann lesen, wenn der große Zeiger ganz genau auf einer Ziffer stand. Da das natürlich selten der Fall war, wartete sie, bis der Zeiger die betreffende Stelle erreicht hatte. Dann kam sie angerannt und sagte »Es ist zehn nach drei« oder »zwanzig nach vier«, und als die Lehrerin sich darüber wunderte, daß Milena so lange brauchte, um nach der Uhrzeit zu sehen, sagte Milena, sie sei noch auf die Toilette gegangen. Da sich das häufig wiederholte, war die Lehrerin, neugierig geworden, ihr eines Tages heimlich gefolgt und hatte Milenas geduldiges Warten beobachtet. Sie war klug genug, es ihr gleich, und nicht erst in der Klasse, zu erklären. Dann hatte sie ihr einen Kuß gegeben und gesagt: »Du bist wirklich eine kleine Göre.« Und die ganze Zärtlichkeit der Lehrerin hatte in diesem Wort gelegen: Göre.

»Du bist noch immer eine kleine Göre«, habe ich zu Milena gesagt.

»Nein. Nein, jetzt nicht mehr.«

Wir gingen an Mauern und Zäunen vorbei, an den kleinen Häusern mit den geschlossenen Fensterläden, aus denen manchmal ein wenig Licht drang.

»Vor zwei Wochen bin ich auch spät zurückgekommen«, hat mir Milena erzählt. »Ich habe gespürt, daß mir jemand folgte. Ich habe nicht gewagt, mich umzudrehen, aber ich habe seine Schritte gehört. Ich bin schneller gegangen, er auch. Daraufhin habe ich die Straßenseite gewechselt, weil ich große Angst hatte. Er hat die Straße auch überquert, und da habe ich gesehen, daß es ein ziemlich junger Mann war. Es war zu dunkel, um sein Gesicht zu sehen, aber seiner Silhouette sah man an, daß er jung war. Ich wollte nicht rennen, um ihm nicht zu zeigen, daß ich Angst hatte, und so hat er mich eingeholt. Er hat mich gefragt, ob ich alleine wäre. Dabei hat er doch genau gesehen, daß ich ganz allein war. Er wollte, daß ich mit ihm gehe. Er hat gesagt: ›Komm.‹ Er wollte mich an der Hand nehmen. Zum Glück sind vor uns ein Herr und eine Dame aufgetaucht, die Arm in Arm gingen, und ich habe gesagt: ›Da sind meine Eltern, die mich vom Bahnhof abholen.‹ Da ist der junge Mann abgehauen.«

Und als ich besorgt fragte, was sie getan hätte, wenn sie nicht die Geistesgegenwart gehabt hätte, sich Eltern zu erfinden: »Ich weiß es nicht. Vielleicht wäre ich ihm gefolgt.«

»Du wärst ihm gefolgt?«

Ich bin stehengeblieben. Milena nicht. Ich habe sie festgehalten.

»Du wärst ihm gefolgt? Warum wärst du ihm denn gefolgt? Du hast mir doch gerade gesagt, du hättest große Angst gehabt...«

»Ja, das stimmt, ich hatte große Angst. Ich weiß nicht. Vielleicht... Ja, vielleicht wollte ich zu jemandem gehören.«

18

Die Ferien rückten näher, und ich hatte beschlossen, etwas davon vorwegzunehmen. Es war Sonntag, also kein Tag wie die anderen.

Etwas vorwegzunehmen nicht nur in bezug auf die Ferienzeit. Die meisten von denen, die am Sonntag dablieben, würden wieder einmal in eine Ferienkolonie kommen. Ich wollte, daß sie den anderen gegenüber, denen, die das Jahr zu Hause, in der Familie, verbracht hatten, einen Vorteil hatten.

Wir waren damit beschäftigt, auf Tapeziertischen im Park Drachen zu bauen. Weil wir die Sache richtig machen wollten, hatte ich das notwendige Material besorgt: Schere, Messer, farbiges Papier, Wasserfarben, Klebstoff, Schnur, Metermaß, Bambusstöckchen und für die Schleifen Silberpapier, das ich von Schokoladentafeln aufgehoben hatte. Um die Kinder zu motivieren, hatte ich erzählt, daß die Menschen seit mehr als zweitausend Jahren Drachen bauten und ihr Wissen und die Energie des Windes nutzten, um sie fliegen zu lassen. Ich benutzte dazu ein Buch, in dem die symbolische Bedeutung der Drachen als Zeichen für Freiheit und Unabhängigkeit hervorgehoben wurde. Aber das stimmte nicht ganz. Denn einen Drachen darf man nicht loslassen, selbst wenn man glaubt, er komme allein mit dem Wind zurecht. Man begleitet ihn. Das war es, was ich hier in Andrésy versuchte: die Kinder zu begleiten.

Mit Alex und Maurice hatten wir uns darangemacht, einen Doppeldrachen zu bauen. Alex hatte die Idee gehabt. Es ging darum, mit Hilfe von vier Schnüren im Abstand von etwa einem Meter über dem ersten einen zweiten, aber kleineren Drachen zu befestigen, damit der Wind sich darin verfangen konnte.

Alex, der seine Walt-Disney-Phase hatte, wollte Pinocchio auf den ersten und natürlich Jiminy Grille auf den zweiten malen. Das brachte ihm sofort den Spitznamen Gepetto ein.

Diese Geschichte fängt aber mit einer anderen Zeichnung an. Mit einer Zeichnung, die eigentlich ein Rätsel war. Schon seit einiger Zeit ging diese Zeichnung im Schloß herum. Weil es so viele Exemplare davon gab, war sie fast auf einen Schlag bekannt geworden. Laura war die Urheberin des Rätsels. Auf der Basis des bekannten Spiels, das, glaube ich, »Punkte-Verbinden« heißt, hatte sie sich eine Variante ausgedacht – oder besser wiedererfunden –, der sie den Namen »Lehrreiches Spiel« gegeben hatte. Die Spielregel:

»Zeichnet eine Linie (Laura wandte sich an die Gruppe), indem ihr alle Punkte in einer bestimmten Reihenfolge miteinander verbindet, und so erhaltet ihr ...«

Der Satz endete mit Auslassungspunkten, und darunter waren achtzehn Punkte in einer merkwürdigen Verteilung zu sehen. Im Gegensatz zu der gängigen Spielvariante jedoch waren die Punkte hier nicht numeriert.

Viele Kinder hatten sich voll Neugier sofort daran gemacht, das Rätsel zu lösen, aber weil die Numerierung fehlte, kamen sie unvermeidlich zu verschiedenen Zeichnungen. Der Ausdruck ›Zeichnung‹ ist übrigens nicht ganz richtig, denn keine entsprach irgend etwas, das man hätte erkennen oder benennen können. Das erklärt erst die Hartnäckigkeit und schließlich den Verdruß der Kinder, die sich damit beschäftigt hatten.

Auch ich hatte mich mehrfach damit beschäftigt, aber ohne überzeugendes Ergebnis. Auch bei mir kam nur eine lange, mehrfach gebrochene Linie heraus. Wahrscheinlich hätten wir bald aufgehört, uns zu fragen, warum die Punkte so und nicht anders angeordnet waren, wenn sie sich nicht auf jedem Blatt – und das war das Merkwürdigste – exakt an derselben Stelle befunden hätten. Man konnte die Blätter aufeinanderlegen und gegen das Licht halten und sah nicht die geringste Abweichung.

Wir sagten uns, daß wir nicht versuchen sollten, es rasch herauszufinden. Wir stellten ein paar Hypothesen auf, aber keine hatte wirklich Hand und Fuß. Manche neigten zu der Vermutung, es handele sich am Ende nur um einen Streich, aber seit der Geschichte mit der geschminkten Puppe nahm ich alles, was Laura tat, sehr ernst. Um so mehr, als sie alle Zeichnungen einsammelte und sie sehr sorgfältig aufbewahrte, wie um sie sich anzueignen.

Wollte sie das Interesse an ihrem Rätsel wiederbeleben? Oder der Sache ein bißchen von ihrer Unverständlichkeit nehmen? Während Alex eifrig Jiminy Grille auf seinen Drachen malte, fertigte Laura jedenfalls eine neue Serie von zu verbindenden Punkten an, diesmal allerdings mit einer Ergänzung. Sie hatte die Auslassungspunkte durch die Worte »Geographiestunde« ersetzt. »… und so erhaltet ihr eine Geographiestunde.«

Manche Kinder waren genervt und warfen ihr vor, Papier zu verschwenden, aber wir hatten beschlossen, sie gewähren zu lassen. Um des Geheimnisses willen und des Zweifels.

»Das ist gut gegen Langeweile«, hatte Laura gesagt, als sie ihre Blätter verteilte.

Mireille schließlich fand die Lösung von Lauras Spiel.

Eines Abends, nachdem die Kinder zu Bett gegangen waren und wir wie gewöhnlich in der Küche hockten und noch eine Kleinigkeit aßen, kam sie zu uns und legte ein Buch auf den Tisch. Es war der *Katalog der Lager und Gefängnisse in Deutschland und den besetzten Gebieten zwischen 1939 und 1945*.

Mireille schlug das Buch an der Stelle auf, wo ein Pauspapier zwischen den Seiten steckte. Auf der Seite war eine geographische Karte in schwarz-weiß abgebildet, und auf dem Pauspapier, das sie sorgfältig auf die Karte legte, die achtzehn Punkte des von Laura ausgedachten »Lehrreichen Spiels«.

Ich will nicht beschreiben, was in uns vorging, als wir unter dem Pauspapier exakt neben jedem Punkt die Namen der Konzentrationslager lesen konnten. Für Laura und für Milena, für André, für Alex und für alle anderen, auch für Henri Beck, will ich sie einfach nur hinschreiben, in der Reihenfolge, in der ich sie verbunden hatte, als ich noch glauben wollte, es handle sich nur um ein Spiel.

Dachau. Mauthausen. Flossenbürg. Theresienstadt. Buchenwald. Dora-Nordhausen. Bergen-Belsen. Neuengamme. Ravensbrück. Oranienburg-Sachsenhausen. Groß-Rosen. Chelmno. Stutthof. Treblinka. Sobibor. Majdanek. Belzec. Auschwitz-Birkenau.

Ich weiß nicht, wann und wie wir Mireille gefragt haben, wie sie darauf gekommen ist. Sie hat folgendes erzählt:

»Ich mußte heute abend die Kinder nicht ins Bett bringen und bin in die Bibliothek gegangen, um mir ein Buch zu holen. Aus einem der Bücher, diesem hier, ragte ein Blatt Papier. Nicht das Pauspapier, sondern ein Karopapier wie aus einem Schulheft. Aus reiner Neugier habe ich mir das Blatt angesehen, auf dem der Anfang eines Kreuzworträtsels war. Natürlich von Laura, die häufig ihre Zeit damit verbringt, sich welche auszudenken. Sie hat ziemlich schnell wieder damit aufgehört, denn es gibt nur drei Fragen und die jeweiligen Antworten. 5 waagerecht: »Reisebeginn.« Noch mal waagerecht, die 8: »Reiseform«. Und 6 senkrecht: »Reiseziel.« Das gibt: »Drancy«, »organisiert« und »Auschwitz«. Obwohl ich Laura kenne, ging es mir wie euch vorhin, und als ich in dem offenen Buch die Karte von Europa gesehen habe, hat sich mir Lauras Zeichnung sofort aufgedrängt. Genau wie sich Laura das Spiel wahrscheinlich aufgedrängt hat, als sie sich die Karte wegen ihrer Kreuzworträtsel ansah.«

Uns Erziehern stand die Fassungslosigkeit im Gesicht angesichts dieser ungeheuren Entdeckungen, zumal als ich noch darauf hinwies, daß die Felder von Lauras Kreuzworträtsel nicht wie üblich ein Quadrat bildeten, sondern eine Fläche von 10 auf 8 Felder, was eine Gesamtzahl von achtzehn gibt, genausoviel wie Punkte in ihrem Spiel. Wir haben kaum gewagt, das Pauspapier zu berühren, das Mireille auf die Karte gelegt hatte, und fühlten uns fast schuldig, weil wir nicht früher begriffen hatten. Nicht begriffen hatten, daß es sich nur um die Illusion eines Spiels handelte.

Hätten wir es verstehen können? Verstehen, daß die zu verbindenden Punkte deshalb immer an derselben Stelle waren, weil sie immer dieselbe Geschichte erzählten? Was Laura mit derselben Regelmäßigkeit gezeichnet hatte, waren keine einfachen Punkte auf einem Blatt Papier, sondern eine Karte Osteuropas mit den Namen von »Reisezielen«. Und wenn die zu verbindenden Punkte keine Nummern trugen, so deshalb, weil ihre Reihenfolge nicht die geringste Bedeutung hatte. Man konnte die Linie in egal welcher Richtung ziehen, man stieß immer wieder auf dieselbe Geschichte, mit der man etwas anfangen mußte.

Eine Geschichte, die jetzt – und sicherlich für lange Zeit – in ihnen war. Eine Geschichte, an der sie sich festklammerten, an der sie sich stießen und in der sie nicht aufhörten, einander zu begegnen.

Wenige Tage nach dieser Episode fanden die schriftlichen Abiturprüfungen statt, bei denen den Kandidaten im Fach Philosophie das folgende Thema vorgeschlagen wurde:

> »Ist der Gang der Geschichte nur eine Reihe von Zufällen, deren Abfolge sich jeder Erklärung entzieht?«

In den Heimen von Arcueil und Montreuil meldeten sich einige von denen, die ihre Ausbildung fortsetzten, zur Prüfung an. Aber niemand wählte dieses Thema.

19

Ich muß Beck schreiben.

Seit fast zwei Monaten habe ich nicht mehr an Beck geschrieben. Ich schaffe es nicht.

Und doch habe ich ihm schon im ersten Brief angekündigt, als ich nach Andrésy gekommen bin, daß es weitere geben würde. Ich habe ihm das geschrieben, weil ich davon überzeugt war. Briefe, um ihm zu schreiben, was es Neues auf der Welt gibt, und ihm von dem zu erzählen, was uns interessiert hat. Und ich glaubte, daß das einfach sei und ganz natürlich.

Ich glaubte, es würde ausreichen, ihm vom Leben zu erzählen. Ich habe mich getäuscht. Denn ich kann Beck nicht alles erzählen. Ich kann ihm von der Tour de France erzählen oder von Harpo Marx, so wie ich es getan habe, aber dann?

Ich esse und ich trinke, und von dort, wo ich schreibe, höre ich die Kinder im Park spielen und herumlaufen. Ist es das, was ich schreiben sollte? Erzählen, daß eine Gruppe unter Willis Anleitung Rohrflöte spielt und daß andere lernen, auf den Händen zu laufen? Erzählen, daß das Zimmer der großen Mädchen jetzt Vorhänge vor den Fenstern hat und daß Anouk Aimée zwanzig geworden ist?

Das Zimmer der großen Mädchen liegt genau unter dem der großen Jungen. Eines Abends, als ich von einem freien Tag zurückkam, sah ich zu meiner Überraschung, wie zwei der Jungen aus dem Fenster lehnten und einen dritten an den Knöcheln hielten. Dieser glaubte, mit dem Kopf nach unten unauffällig die Mädchen beim Ausziehen beobachten zu können.

Um solch akrobatischen Kunststücken ein Ende zu bereiten, schien es uns am einfachsten, im Zimmer der Mädchen Vorhänge anzubringen.

Das Anbringen der Vorhänge und die sich unvermeidlich daran anschließenden Diskussionen führten dazu, daß wir ein wenig mehr erfuhren. Paul war auf die Idee gekommen, sich kopfüber aus dem Fenster zu hängen. Er wollte seine Schwester sehen, hatte er uns gesagt, und das war uns unbegreiflich.

Ein Buch von Maria Montessori hat mich – zumindest ansatzweise – über Pauls Wunsch, seine Schwester nackt zu sehen, aufgeklärt.

Ich wußte nicht, wer Maria Montessori ist. Ich hatte von ihrer Existenz erst ein paar Wochen zuvor erfahren, als die Zeitung ihren Tod meldete. Und doch befand sich eines ihrer Bücher, *Kinder sind anders*, in der Bibliothek. Ich habe das Buch noch nicht gelesen, aber beim Durchblättern bin ich in dem Kapitel, das sich mit dem Schlaf beschäftigt, auf die Geschichte eines siebenjährigen Kindes gestoßen, das noch nie Sterne gesehen hatte, weil es immer ins Bett mußte, bevor es Nacht wurde. Das Kind sagte, es wolle, nur für eine Nacht, auf einen Berg steigen und sich dort hinlegen, um die Sterne anzuschauen. Es wußte, daß es sie gibt, weil darüber gesprochen wurde, aber da es sie noch nie gesehen hatte, wünschte es sich, sie genau anzuschauen.

Das hatte, so scheint es, auch Paul getan: Er hatte sich etwas genau angeschaut.

Im Kapitel mit der Überschrift »Der Ordnungssinn« erfuhr ich noch mehr darüber:

»Ordnung bedeutet, die Lage der Gegenstände im Raum zu kennen [...]. Nur wenn es seine Umwelt auf diese Weise besitzt, ist das Kind ruhig und glücklich. Das Vergnügen besteht darin, die Dinge an ihrem Platz zu finden.«*

Was Paul, mit dem Kopf nach unten hängend, getan hatte, hatte folglich nicht viel mit Neugier zu tun. Seine Schwester zu sehen war vielleicht die einzige ihm verbliebene Möglichkeit, »die Beziehungen zwischen den Dingen« zu überprüfen. Die einzige Möglichkeit, seinen Platz zu suchen, sich zurechtzufinden, sich zu orientieren, um seinen Weg im Leben zu finden.

Am Boulevard du Montparnasse, in der Nähe der Metrostation Vavin, begegne ich häufig einem jungen Mann mit lockigem, ziemlich langem Haar. Manchmal lächelt er. Er läuft an Krücken. Ihm fehlt sein linkes Bein. Ich weiß nicht, warum, aber ich stelle mir vor, daß er Umgang mit den Surrealisten pflegt. Manchmal sehe ich ihn in Begleitung einer jungen Frau auf der Terrasse des »Dôme« sitzen. Sie ist sehr schön. Sie trägt immer einen Hut. Stammgäste begrüßen sie manchmal und wechseln ein paar Worte mit ihnen.

Wenn ich hier den jungen Mann von Montparnasse erwähne, über den ich im Grunde gar nichts weiß, dann deshalb, weil ich erfahren habe, daß die Mannschaft der Harlem Globetrotters nach Paris kommt und einer ihrer Spieler, ein erfahrener Dribbler, nur noch einen rechten Arm hat.

Und Beck? Beck hat nur noch einen Namen. Beck ist jetzt nur noch der, dem ich schreibe. Er ist der, dem zu schreiben ich nicht schaffe. Weil man mit einem Toten nicht redet wie mit einem Lebenden. Und wenn man es tut, an wen wendet man sich dann? An wen haben sich

* Maria Montessori: *Kinder sind anders*, übs. v. P. Eckstein u. U. Weber, Stuttgart (Klett) 1952, S.82f.

diese Worte, diese Briefe, die sich als Worte des Lebens verstanden, gewendet? Und wenn ich schreibe und allein mit diesen Briefen bleibe, die niemand je lesen wird – bedeutet Henri Beck zu schreiben, da nicht letzten Endes, mir selbst zu schreiben?

Um Beck zu schreiben, bin ich wieder zu Pernet gegangen, dem Café in der Rue de la Butte-aux-Cailles. Als ich bei Martin vorbeikam, dem Bäcker an der Ecke zur Rue Simonet, habe ich ein Pain au Chocolat gekauft. Um mir klar zu machen, mir Zeit zu nehmen.

Auf der Caféterrasse sitzt nicht weit von mir entfernt ein Mann und trinkt einen Suze. Ich erkenne ihn wieder. Im April 1945, glaube ich, habe ich ihn zum erstenmal gesehen. In Handschellen wurde er von zwei Polizisten abgeführt. Er hatte etwas Blut im Gesicht. Es war ein Kriegsgefangener, der nach fünf Jahren aus Deutschland zurückkam. Nach seiner Freilassung war er nicht auf die Idee gekommen, seine Rückkehr anzukündigen. Ganz selbstverständlich ging er in seine Straße, in seine Wohnung im ersten Stock direkt über dem Farbenhändler in Nummer 13. Er sei nicht einmal mehr ungeduldig gewesen, hat man mir erzählt, er habe sogar die Leute angelächelt, die ihn wiedererkannten, als sollte dieses Lächeln ein zu langes Warten wegwischen. Und dann tauchte sein Fall in den Polizeiberichten auf, denn seine Frau war mit einem anderen Mann zusammen, ihrem Liebhaber. Das gibt Ärger, hatte jemand vorhergesagt, und das war alles, was gesagt wurde. Erst nach den ersten Schreien kam man auf den Gedanken, einzugreifen und die Polizei zu verständigen.

Wie lange hatte es diesmal gedauert, bis er freigelassen wurde? Ich weiß, daß er seine Frau und seine Wohnung wiederbekommen hat. Wie leben sie jetzt? Hat er ihr ihre

Untreue vergeben? Und sie ihm seine Gewalt und seinen Kummer?

Es ist, als ob dieser Mann, der in meiner Nähe sitzt und zerstreut seinen Suze trinkt, mir entgegenkäme. Als ob er mir vom Leben dieses Viertels erzählte. Als ob er mir sagte, daß wir mit diesem Ort, an dem wir gelebt haben, durch besondere Erinnerungen verbunden sind.

Wenn ich wieder in diese Straße zurückkehre, in unsere Straße, allein, und wenn ich noch einmal auf der Terrasse dieses Cafés verweile, von wo ich das Haus sehe, in dem meine Eltern noch immer leben, und das Geschäft für Flitterkram in Nummer 7, dann vielleicht vor allem deshalb, um die Zeit wiederzufinden, als Henri Beck noch da war.

Auf den runden Cafétisch habe ich einen Papierblock gelegt. Ich habe »Lieber Henri« auf das erste Blatt geschrieben, aber ich habe oben rechts kein Datum und keinen Ort vermerkt, wie man das gewöhnlich tut. Noch nicht.

Die Sonne scheint. Soll ich schreiben, daß es schönes Wetter ist? Wie war das Wetter vor zehn Jahren in jenem Juni des Jahres 1942?

Ich könnte leicht Seite auf Seite von diesem Block vor mir füllen, mein Schreiben wird doch stumm bleiben.

Ich hatte geschrieben: »Ich werde Dir weiter schreiben, da Du anscheinend nur lebendig bist, weil ich noch lebe«, ich betrachte prüfend die Straße, aber ich bin der einzige, der uns sieht, und wir haben nicht mehr dasselbe Alter.

Beck schreiben, der mich, da bin ich inzwischen sicher, bis zum Ende begleiten wird.

Lieber Henri,

ich schreibe Dir erneut aus dem Café Pernet, dem Café an der Ecke von der Passage Boiton und der Rue de la Butte-aux-Cailles, wo ich mich so sehr zu Hause fühle…

Lieber Henri,

heute bin ich in Euren Hof gegangen. Da war ein kleines Mädchen, das Wasser am Brunnen schöpfte.

Lieber Henri,

die Tour de France hat dieses Jahr gut angefangen. Fausto Coppi, ein italienischer Radrennfahrer, trägt das Gelbe Trikot. Zaaf ist Siebenundachtzigster, aber das ist nicht schlimm. Er ist mächtig stolz: Da er sehr populär ist, hat der Fahrradhersteller, für den er fährt, ihm beigebracht, seinen Namen zu schreiben. Jetzt kann er Autogramme geben…

Lieber Henri,

wieder einmal sitze ich auf der Terrasse bei Pernet. Es sind keine Kinder auf der Straße. Um diese Zeit sind sie noch in der Schule. Halb fünf haben sie aus…

Lieber Henri,

ich habe häufig an den Tag gedacht, an dem Du mit Deiner ganzen Familie weggebracht worden bist. Ich wünsche mir, daß Du an jenem Morgen nicht zu traurig warst. Ich hätte gern etwas von Deinen letzten Wutanfällen gewußt. Es täte mir gut, wenn ich wüßte, daß du wütend warst…

20

Seit drei Tagen sind wir in Tarnos und sind schon zweimal die lange Straße entlanggegangen, die die Ferienkolonie mit dem Meer verbindet.

Zum Baden ist es noch nicht warm genug, aber die Kinder lieben den Ausflug, weil entlang der Straße lauter Brombeeren wachsen. Auch die Kleinen. Sie wissen, daß am Ende des Weges der Strand liegt und daß sie herumrennen und Muscheln suchen können.

Im vergangenen Jahr haben sich die Großen abgewechselt, um den Rucksack mit der Verpflegung zu tragen, wenn wir am Nachmittag einen Ausflug machten. Dieses Jahr ist das nicht mehr der Fall. Ich trage jetzt den Rucksack.

Die Kinder, zu deren Betreuung ich mich entschlossen habe, sind zwischen zehn und elf Jahre alt.

Louba, die sich darüber gewundert hatte, weil sie fand, daß die von mir vorgeschlagenen Aktivitäten eher zu den Größeren paßten, hatte ich zu erklären versucht, daß die meisten der Größeren aus Andrésy kämen. Ich wollte nicht, daß sich während der Ferien das Verhältnis fortsetzte, das sich im letzten halben Jahr zwischen ihnen und mir entwickelt hatte. Ihretwegen wollte ich es nicht. Aber auch meinetwegen. Mir war wichtig, daß ihnen andere Dinge begegneten. Und unbewußt spürten wir vielleicht auch, daß Andrésy ihr Haus werden würde und wir uns nur dort, wo sie aufwuchsen und wo Erinnerungen entstanden, an dem Ort, den sie sich unbewußt angeeignet hatten, wiedersehen sollten.

Es ist kurz nach neun Uhr abends, und ein kleines Mädchen mit einem Pullover über dem Schlafanzug kommt, um Bescheid zu sagen, daß meine Gruppe bereit ist für das Vorlesen, das ich heute nachmittag versprochen hatte.

Fast alle Kinder meiner Gruppe sind da, sie haben sich im größten Schlafsaal versammelt. Sie sind in ihre Bettdecke gehüllt oder sitzen auf den Bettkanten, gespannt auf eine Geschichte, von der sie noch nicht das geringste wissen. Sie wissen nur, daß das Buch, dessen Geschichten sie einen Monat lang fast jeden Abend verfolgen werden, *Tom Sawyers Abenteuer* heißt und daß sein Autor den Namen Mark Twain trägt.

»›Tom!‹

Keine Antwort.

›Tom! Wo steckt er nur wieder? Also wirklich, Tom!‹

Keine Antwort.«

Titel der Originalausgabe: *Berg et Beck*
Umschlaggestaltung: Michel Keller, München, unter
Verwendung eines Bildes von Robert Doisneau
Typografie + Satz: Frese, München
Druck + Bindung: Pustet, Regensburg
ISBN 3-88897-232-9

1 2 3 4 5 · 04 03 02 01 00